西溪丛书

传记文学新论

A NEW STUDY OF
BIOGRAPHICAL LITERATURE

许菁频 著

社会科学文献出版社
SOCIAL SCIENCES ACADEMIC PRESS (CHINA)

传记文学多时空多视角研究的新收获
陈兰村

记得四十年前，我对传记文学很痴迷，只要看到书报上有"传记"二字，就要看看说的是什么，觉得有意思的知识就抄下来。近日看到浙江外国语学院许菁频教授的新书稿《传记文学新论》，就如走进了中国传记文学博物馆，展品丰富，琳琅满目，令我大饱眼福，大开眼界。

传记文学是艺术地再现真实人物生平及个性的一种独特的文学门类，它最基本的特征是文学性与历史性的结合。传记源于历史，最初的历史中就孕育了传记文学的因素。到汉代，司马迁《史记》的诞生，标志着中国传记文学正式走上文学舞台。这个文类有着极其强大的生命力，它从诞生到今天，走过了古代、现代和当代共两千多年，至今更加发展壮大，学者们对它的研究也越来越深入。许菁频教授的新书稿《传记文学新论》就是当代传记文学多时空多视角研究的新收获。

许菁频教授的这部书稿包含古代篇、现代篇、当代篇三大板块。古代篇侧重挖掘古代自传发展的内在原因，即作者的生死意识带动文体自觉的机制，以及自传的叙事观念和抒情手法；现代篇探讨了现代传记文学在中国传记文学发展长河中承前启后的作用，涉及出版机构、期刊、序文、书评对现代传记发展的促进作用；当代篇是对百年来自传文学的创作和传记文学理论研究的回顾与展望、对20世纪八九十年代文化名人传记丛书的述评、对中学生阅读传记文学的几点建议。该书稿的意义在于为当代传记文学的研究增加了新的活力，为推动古代自传、现当代传记文学的研究提供了新视角、新方法，对进一步发展传记文学创作和开展阅读教育也具有促进作用。

　　我检阅该书稿后的深刻印象有三点。第一，著者对传记文学的研究，关注到了传记文学广阔的时空。时间上从古到今。从古代自传文学的自觉与发展，到现代传记文学的转型，再到当代传记文学的创作与理论研究的回顾与展望，更涉及对中学生阅读传记文学的关注。空间上探索了传记文学本身的方方面面。从自传文学到文化名人传记丛书，从传记文学创作到理论研究，从一般读者到中学生。第二，著者对传记文学采取了多视角的研究方法，其中不乏新视角。如对古代自传文学的发展与自觉，用传主内在的生死智慧来解释，对现代传记文学的发展用外在的出版、期刊、书评等因素来考察。该书稿配合理论研究，对古代自传文学和当代传记文学各专列一节选读，补充和印证理论。第三，该书稿是著者长期研究、持之以恒，终于结出的硕果。据我所知，著者二十多年前就开始研究古代自传文学，后来的研究领域扩大到古代家族文学研究和《红楼梦》研究，但其对传记文学的研究始终没有停止。著者的成功给我们一个启示，研究者要沉得住气，坚守研究阵地，历经多年耕耘，终会有大收获。

　　读了该书稿，我还想给著者一个建议：继续努力写一部"中国古代自传文学史"。我1997年在中国青年出版社出版过一本《中国古代名人自传选》，但没有对古代自传文学史著作做过专门研究。目前学界尚无一部完整的古代自传文学史著作。许菁频教授在古代自传文学研究方面颇有成就，已发表过多篇论文，研究基础扎实，如果能继续深入，将是对古代自传文学研究的一个重要贡献。

　　许菁频教授近日叫我为她的书稿作序，但我近年疏于学习，对传记文学研究新的态势了解甚少，只能从一个传记文学爱好者的角度出发，临时说几句读后感，权作为序文。

2023年2月16日于浙江师大丽泽花园寓所

前　言

　　传记文学作为"人"的文学的集中体现，集真实性与文学性于一体，是无限丰富的生命体验记录。从古代到现代至当代，传记文学走过了漫长的岁月。其间，不论是传记文学的属性、表现形式还是审美特征都发生了巨大的变化，但其文学性与历史性兼备的特点，使其在任何时期都能因形象生动地映照人生而促人反思、催人上进。本书选取古代自传文学、现代传记文学和当代传记文学作为研究对象，分别从生命意识、古今转型和回顾展望的角度进行阐述，以期把握各个时期传记文学发展的特征与规律。

　　古代传记文学在韩兆琦《中国传记文学史》和陈兰村《中国传记文学发展史》中都有系统阐述，但对古代自传文学却鲜有人进行剖析。本书试图以文本为依据，从生命的角度对古代自传文学进行系统的论述，探寻古代自传与作家生死观二者之间的内在因缘，即作家生死观对古代自传产生、自传文体自觉、自传创作发展所起的至为关键的促进作用，以及古代自传所体现的作家复杂多样的生死智慧，由此把握古代自传文学浓烈而独特的生命意识，揭示古人的生命情怀，希冀这一论述能填补当前古代自传文学研究的空白。

　　现代传记文学承载着转型与创新的重任，在那个汲汲于"古为今用，洋为中用"的时代，它借着五四新文化运动的春风完成了华丽的转型，虽没有惊人的作品数量，但其承前启后的作用还是得到了世人的肯定。现代传记文学的发展离不开梁启超、胡适、郁达夫等一批留学文人的努力，更离不开出版机构的鼎力相助。本书以转型和发展为视角，对现代传记文学进行分析，在关注其从古代到现代转型的同时，剖析其发展的深层缘由，企望寻找到现代传记文学发展的内在动因。

　　当代传记文学发展之迅疾、作品数量之庞大超出了人们的想象。20世纪90年代形成的传记热潮一直延续至今，形形色色的传记种类与传主身份使人惊叹不已。与之形成鲜明对比的是传记理论批评的严重不足。这种不足，直接导致了传记出版的无序化和低端化，高质量传记作品数量较少。本书从综述的角度对当代传记文学中的文化名人传记丛书、自传文学创作、传记文学理论研究等进行回顾与展望，并在此基础上对中学生传记阅读提一些建议，祈盼能有益于当今传记文学的阅读和研究。

　　自古至今，传记文学给予读者的不仅仅有文学欣赏的喜悦，更有传主人格魅力的感染，具有促人深省、启人心智的作用。当今传记文学的发展虽不逊色于纯文学，但对传记文学的研究却远不及纯文学研究那么全面、深刻。本书尝试对古今传记文学做一定剖析，不当之处，敬请专家批评指正。

目　录

古代篇

中国古代自传文学的自觉与发展 …………………………………… 3
　一　生的觉醒与中国古代自传文体的自觉 ………………………… 4
　二　死亡意识与中国古代自传文学的发展 ………………………… 12
　三　中国古代自传中的生死智慧 …………………………………… 18
　四　中国古代自传文学选读 ………………………………………… 24

中国古代自传文学的叙事与抒情 …………………………………… 31
　一　中国古代自传文学的叙事观念 ………………………………… 31
　二　中国古代自传文学的抒情手法 ………………………………… 37
　三　中国古代自传文学中的仕与隐 ………………………………… 45
　四　中国古代自传文学选读 ………………………………………… 54

现代篇

中国现代传记文学的承前启后 ……………………………………… 63
　一　五四新文化运动与中国现代传记文学的诞生 ………………… 63
　二　中国现代传记文学的承前 ……………………………………… 74
　三　中国现代传记文学的启后 ……………………………………… 78
　四　书评：规律探讨与理论积累的双重努力
　　　　——评陈兰村主编《中国传记文学发展史》 ………………… 84

中国现代传记文学的长足发展……86
 一 出版机构与中国现代传记文学的发展……86
 二 期刊与中国现代传记文学的发展……94
 三 中国现代传记文学序文研究……102
 四 书评：史料与学术的拓进与诉求
   ——评俞樟华等编撰《中国现代传记文学编年史》……113

当代篇

中国当代传记文学的回顾与展望……125
 一 综述：20世纪八九十年代中国文化名人传记丛书述评……125
 二 综述：百年中国自传文学创作回顾与展望……131
 三 综述：百年传记文学理论研究回顾与展望……140
 四 关于中学生阅读传记文学的几点建议……148
 五 中国当代传记文学选读……153

参考文献……162

后 记……168

古代篇

中国古代自传文学的自觉与发展

> *升腾的光寻找着生命之途，/摇荡的河流/勾勒出疑问，又把它们确定，/黎明的河越过闭合的双眸。……*
>
> ——〔墨西哥〕帕斯

打开古典文库，人们往往忽视那些散见于各种文集的自传性文学作品，间或拾读一两篇，也只是将其视为散文、杂记之类，很少有人将它们归于"古代自传"这一文体之下，更少有人对它们进行研究分析，古代如此，现代亦如此。

随着20世纪八九十年代传记文学创作热潮的涌现，人们不无尴尬地发现传记理论的匮乏已到了令人羞愧的地步。这一匮乏使得传记的出版和阅读一度都带有很大的盲目性——对权力和商业的重视远远胜于对文化的追求。与此同时，20世纪80年代末90年代初兴起的人文精神大讨论，则使人们对文学与人性、生命之间的关系的反思在20世纪末达到了一个高潮。两相比较，其中的差别不能不令人深思。

本书认为对古代传记创作的研讨将有利于当今传记理论的建树，而对自申心志的古代自传中生命意识的挖掘既有助于借鉴古代传记创作的优劣得失，又有助于通过剖析古人的心路历程体悟自身的生命存在，逾百篇的自传精品则使本书的研究成为可能。

古代自传形式多样，有以姓名、字号为标题的，有以书序、墓志铭、自赞等形式出现的，因此，本书主要从文章的内容来判定它是不是一篇自传。完整意义上的自传应包括四个方面：生平事迹真实，史料要凸显自我个性，对自我的评价要客观公允，有文学色彩。① 以此为尺度，不难发现从汉代至清代每代都有许多人钟情于自传创作，且作者覆盖面较广，上至九五之尊，如明太祖朱元璋，下至文人学者，如清代的平步青；既有开国文臣，如明代的宋濂，也有僧侣高士，如东晋高僧法显、明代高士杨维桢；等等。其中，不少传主在古代文坛上有着极为显要的地位，如西汉的司马迁、东晋的陶渊明、宋代的欧阳修、清代的梁启超等。通过对古代自传的关注可以较为感性而确切地把握古人的生存状态和生命之思。

作为传记文学的一个分支，自传具有作者与传主合二为一的特点，这一特点使其对人生的审视、对灵魂的剖析真实而直接。生与死是传记文学永恒的话题。在自传世界里，生命是透明的，生的眷恋迷茫、死的恐惧反抗直观展现着；生命又是富有诗意的，不同的人以不同的姿态穿越生命的河流，推荡出生动的波纹。因此，自传所构筑的生命世界是特殊而迷人的。中国古代自传也不例外，其文本展现出古人对生死的思索，真实自然又令人怦然心动。

一 生的觉醒与中国古代自传文体的自觉

自传与人类生命有着无须印证的天然血缘关系，但中国古代自传自身的发展却是艰难与缓慢的。从中国古代最早具有传记因素的文学作品——《诗经·大雅》中的《生民》《公刘》的出现，到为大多数学者所公认的现存古代第一篇自传《太史公自序》的产生，其间竟相隔了几乎一千年。② 并且，古代自传摆脱书序的形式走上文体的自觉，即以"传"明确标题名文又经历了大约五百年的时间。③ 是什么因素导致古代自传的晚生晚觉呢？或者说，古代自传的产生、自觉是何种因素在起主导作用呢？

此处且从文化与人的关系谈起。

---

① 陈兰村编《中国古代名人自传选》，中国青年出版社1997年版，"前言"第1~2页。
② 陈兰村、张新科：《中国古典传记论稿》，陕西人民教育出版社1991年版，第40页。
③ 本书认为第一篇以传命名的古代自传是东晋陶渊明的《五柳先生传》，成文时间在公元390年前后；而《太史公自序》的成文时间在汉武帝征和二年（公元前91年）前后，其间相隔近五百年。

第一件粗糙的旧石器，作为人与自然的界碑，宣布了人与文化的同时诞生。人创造了文化，但在很长一段时间内人却忽视了自我的生存价值和自我对文化的主动性、能动性，反而把文化价值归于"帝"或"天"，所谓"不知不识，顺帝之则"。至春秋战国时期，子产和孔子相继喊出"天道远，人道迩"（《左传·昭公十八年》）、"问人不问马"（《论语·乡党》）的时代强音，使人的价值被世人初步认识。然而，此后整个先秦时期，个人生命价值、个体感性知觉、精神状态一直备受冷落。在先秦儒家思想体系中，只能看到"民为贵，社稷次之，君为轻"（《孟子·尽心下》）的民本思想，个人只是宗法社会的角色，个人价值完全湮没于宗法社会价值之中。而先秦老庄的道家之学则以圣人之貌压制与消磨了人的个体精神，"有人之形，无人之情"（《庄子·德充符》）使人在脱离社会理性的同时也脱离了人的现实生存。横亘于天地万物之中的个体生命精神在先秦时期无疑是寂寞芳草，无人问津。

文学是人学。人类生命意识的发展对文学创作的影响是不可否认的，对记叙感性生命形态的传记创作的影响尤为突兀。春秋战国时期人的类意识的觉醒直接催生了一批具有传记文学特征的文学作品；而个体意识的未觉醒则导致了先秦自传的空白。

《中国传记文学史》一书指出，春秋战国时期的《国语》《左传》《战国策》等，"有些篇章已经分明地具备了传记文学格局的雏形，只等待后世大手笔予以提点、引发，使之由量变到质变，以达到传记文学新体裁的产生了"[①]。较之《诗经·大雅》中《生民》《公刘》或神话色彩浓厚或人物事迹叙述过于简略的特点，春秋战国时期历史散文写人艺术的进步是不言而喻的，其中有些篇章已形成相当性格化的真实的历史人物形象，如《左传》中晋国公子重耳、郑国子产都能给人留下至为深刻的印象。而《论语》《孟子》等诸子散文的有些片段也富有文学色彩地描写了人物的活动与个性。但这些作品中的人物形象均是他人塑造的，即作家还未意识到自身同样具有撰写价值。无疑，自写身世特别是自抒心志必须建立在作家对自身个体生命关注与感悟的基础之上，而汉以前

---

① 韩兆琦主编《中国传记文学史》，河北教育出版社1992年版，第24页。

人们的个体生命意识淡薄是有目共睹的。这是中国古代第一篇自传姗姗来迟的主要原因所在。

西汉司马迁的《史记》，由于首次开创了以人物为中心的纪传体例，被人们赞誉为一部"体现了划时代的传记文学意义"[①]的史作，而其中的《太史公自序》因具有真实且较为完整的生平事迹介绍被大多数学者视为现存古代第一篇自传。唐代刘知幾在《史通·序传》中曾对自传的源流做过如下一番考察：

> 盖作者自叙，其流出于中古乎？案屈原《离骚经》，其首章上陈氏族，下列祖考；先述厥生，次显名字。自叙发迹，实基于此。降及司马相如，始以自叙为传，然其所叙者，但记自少及长，立身行事而已，逮于祖先所出，则蔑尔无闻。至马迁，又征三闾之故事，仿文园之近作，模楷二家，勒成一卷。于是扬雄遵其旧辙，班固酌其余波，自叙之篇，实烦于代。虽属辞有异，而兹体无易。[②]

刘知幾文中的"自叙"即自传。他认为战国时期屈原《离骚》的开首一章就是自传的发迹；汉代司马相如始作自传，但没有流传下来；司马迁《史记》中的第七十篇列传《太史公自序》是古代自传的代表之作。从此以后，自传历代不绝。本书认为，屈原的《离骚》因运用了大量的想象、夸张手法，不能立身于自传行列；司马相如的自传因无迹可寻，只能不做论述；而司马迁的《太史公自序》则可视为现存古代自传的"龙头"之作。汉代自传的诞生与当时特殊的社会风貌、文化氛围有着密切关联，其中起直接催化作用的是人们在强烈的"贵生"意识基础上所萌发的追求个体独立、实现个人生命价值的思想。

众所周知，对生命的重视在战国秦汉之际就已较为透彻地体现出来。当时，医学初步形成了独立的体系；思想家基于战乱、残暴统治下百姓

[①] 李祥年：《汉魏六朝传记文学史稿》，复旦大学出版社1995年版，第36页。
[②] 齐豫生等主编《白话四库全书·史部·史通》"序传第三十二"，新疆青少年出版社2006年版，第62页。

的困苦现实提出了与民休养生息的种种策略主张,如孟子认为"使民养生丧死无憾,……王道之始也"(《孟子·梁惠王上》)。至汉武帝统治时期,思想家把重生视为最高的政治道德。如贾谊在《道德说》中明确指出:"物所道始谓之道,所得以生谓之德。德之有也,以道为本。故曰'道者,德之本也'。德生物又养物,则物安利矣。"我国古代的民本、人本思想在此体现得淋漓尽致。在此思想的影响下,加之灵魂不灭、天赋生命等非理性观念的渗透,汉代盛行服食求长生的风尚。尤其值得一提的是,汉代承传了战国时期一部分专以养生为主的黄老学者的价值观,把生命本身的价值看得高于生命伦理的、社会的价值。汉初对与民休养生息的政治原则的贯彻在一定程度上保障了"贵生"意识的存在。

对生命的重视使得西汉时人们的生命情绪普遍地趋向安定,且非理性生命观的流行更使人淡漠于死的恐惧,沉湎于生生不息的美好愿望之中。个体生命感受与价值追求在不经意中被忽略了,但与此同时,"对个体生命的本质及其价值的思索,作为一种非主流的、潜伏状态,甚至有时还带有异端色彩的思想,也存在于汉代社会文化之中"[1]。这种思想产生的前提也是重视生命,但它是人们对生命热烈拥抱、主动追求的产物,司马迁是其代表人物。

对于司马迁生平的研究,今天能加以利用的材料只有《太史公自序》和他在任中书令时写的一封书信——《报任安书》。司马迁对建功立业、实现生命价值的渴望在这两篇文章中都有明确的自白。他自述之所以遭腐刑依然"隐忍苟活,函粪土之中而不辞者",是由于"恨私心有所不尽,鄙没世而文采不表于后也"。期望通过著述扬名于后世是司马迁蒙大耻后活下去的精神支柱和动力源泉。他认为"古者富贵而名摩灭,不可胜记,唯倜傥非常之人称焉"。这些"倜傥非常之人""意有所郁结,不得通其道"之时,便"述往事,思来者",留下了流芳百世的佳作。因此,他在身残之余依旧发愤著作《史记》,"欲以究天人之际,通古今之变,成一家之言",以期"藏之名山,传之其人"。司马迁指出,

---

[1] 钱志熙:《论中古文学生命主题的盛衰之变及其社会意识背景》,《文学遗产》1997年第4期。

著述是确证自我人生、实现个人生命价值的一个重要方式。这充分体现了他对自身价值的关注和思索。正是这一份关注和思索最终促使他写下了回顾人生、表志达情的自传作品。显然，自传所具有的反思个人生命意义、表达自我生命观的文体功能，在无意之中契合了在痛苦地、执着地追求生命价值的司马迁的内心需求。他痛苦，因而他希望世人（不仅当世之人，更包括后世之人）能知晓他的心迹、理解他的所爱所恨所思所虑、分担他的痛苦；他追求，因此他需要世人明了他的抱负与理想、人格与个性。这一切，是诗赋浓厚的韵味无法直接表露的，"古人之酒杯"在此时已不能"浇胸中之块垒"了，只有明明白白的自我倾诉、真真实实的人生回顾才能稍稍平息司马迁心中火一般的激情，抚慰飘荡着的寂寞灵魂。并且，自传作为一种著述，本身也具有实现个人价值的功能。因此，自传在西汉司马迁的笔下诞生是自然与必然的结果。司马迁选择了自传，自传也"选择"了司马迁。

阅读《太史公自序》，可以看到传主较为详细地介绍了自己的家谱。由上古到当世，历代先祖的姓名、职业、官位以及可引以为傲的事迹，司马迁均加以概述，使世人对自己的出身门第、氏族状况有清晰的了解。同时，传主冷静客观地回顾了自己一生的主要行迹，突出对自己有重大影响的三件大事：壮游天下、涕受父命、发愤著书。在记叙过程中，既有感人至深的心理描写，如遭李陵之祸后，传主在极度悲痛之余所激起的发愤著书之想；又有细节描写，如传主在听受父亲临终嘱咐之后的激动表现："俯首流涕曰：'小子不敏，请悉论先人所次旧闻，弗敢阙。'"文字凝练且饱含深情。这使得《太史公自序》真实而生动地展示了传主在写作这篇自传之前的主要活动轨迹，塑造了一个真实且有个性的人物形象。由此可见，《太史公自序》作为一篇自传是名正言顺、当之无愧的。

但是，司马迁创作自传是不自觉的，自传在汉代并没有走上文体自觉的道路。《太史公自序》虽在内容上已可称为现存古代第一篇自传，但它在形式上只是一篇书序。作者并没有把它单独成篇，而是把它放在《史记》的最后一篇（是第七十篇自传性列传），并冠之以"序"字。

《太史公自序》在自述生平的同时，也花了较多篇幅阐述《史记》的写作缘由、宗旨、体例、规模以及《史记》一百三十篇的作意，是自传与书序的双重书写。后人读《太史公自序》往往也很重视书序部分的内容。如近人李景星就曾指出，司马迁用《太史公自序》教人读《史记》的方法："未读《史记》以前，须将此篇熟读之；既读《史记》之后，尤须以此篇精参之。"（《史记评议》）可见，《太史公自序》为《史记》服务是一个既定的不可否认的事实。自传文体的不自觉一方面是由于作为非主流状态，司马迁对个体生命的感受时时遭到主流生命观即强调天人感应的宇宙自然大生命观的冲击与销蚀，其自身个体意识的觉醒还不够彻底，尚处于朦胧状态；另一方面是由于文学的不自觉，汉代文学既没有摆脱经学"附庸"的地位而独立发展，也没有按文学自身的艺术规律进行创作。在此境况下，自传文体的自觉自然是不切实际的奢侈之谈。

继司马迁首创以书序的形式自述生平经历，融自传与书序为一体之后，后世之人对此多有模仿。如东汉班固的《汉书·叙传》、王充的《论衡·自纪》，唐代刘知幾的《史通·自叙》，南宋杨万里的《诚斋荆溪集序》、李清照的《金石录后序》、文天祥的《指南录后序》，金代元好问的《南冠录引》，清代金农的《冬心集自序》、黄景仁的《两当轩集·自叙》、谭嗣同的《寥天一阁文·三十自纪》等，都是以书序形式出现的自传文。

自传文体的自觉始于魏晋。

中国古代自传跳出书序的框架单篇独立成文滥觞于魏文帝曹丕的《典论·自叙》。它首开全文陈述个人生命历程、志趣嗜好的文风，揭开了魏晋南北朝自传风潮的帷幕。在此带动下，陶渊明的《五柳先生传》、江淹的《自序传》、刘峻的《自序》等传记作品相继问世。这些作品均以撰写人生作为其写作的终极意向。其中，《五柳先生传》不仅在内容上体证了自传的内涵，而且在形式上首次自觉以"传"命文，对中国古代自传的发展产生了极为重要的影响。

本书认为，《五柳先生传》是中国古代自传文体自觉的标志，是魏晋时期人的个体意识觉醒的外化，是文学"自觉"大气候下的产物。为

| 传记文学新论 |

充分论述这一观点，有必要对《太史公自序》与《五柳先生传》两个文本所蕴含的生命意识做一比较研究，以此明确魏晋时期作家对生命意识的认知达到了一个怎样的历史高度，从而推知作家的生命感受对自传写作产生了何种程度的影响。

如上所述，司马迁有一颗为时代激烈跳动的心，他在凄风苦雨中孤独却又坚忍地追求着。而两汉伦理学的重点又恰是"强调个体人格走出自我的心灵境界，拥抱亲族、社会与国家"①。这显然增加了他对自己的社会角色的认同和投入。政治激情在此时转化为审美方式去宣泄和倾吐。他向世人宣告：

> 先人有言："自周公卒五百岁而有孔子。孔子卒后至于今五百岁，有能绍明世，正《易传》，继《春秋》，本《诗》《书》《礼》《乐》之际？"意在斯乎！意在斯乎！小子何敢让焉。

司马迁决意实现父亲生前的心愿，即写作一部如《春秋》一般的书。对此他表现出巨大的自信和勇气，当仁不让，志在必得。在司马迁眼中，"一心营职，以求亲媚于主上"是头等大事，"宾客之知""室家之业"（《报任安书》）均是次要的、不足道的。因此，政治、伦理生活之外的日常生活不在司马迁传述之列，父子之情、夫妻之爱、个人秉性爱好都被他毫不容情地摒除于自传之外。诚然，司马迁在自传中也偶有对平常心态的写实，如入狱后的喟然之叹："是余之罪夫！是余之罪夫！身毁不用矣。"但因作者激情的单向度放射，自传中传主心态的描摹显然是拘谨、单色调的。

与司马迁的自传相比，陶渊明的《五柳先生传》给人一种扑面而来的空灵与闲适之感。该传以第三人称写作，没有明白交代传主的姓名、籍贯，但托名自况的手法毫无蒙蔽效果，世人一眼就能洞穿其庐山真面目。《五柳先生传》的形式与内容为后代文人广为学习模仿。现全文载引如下：

---

① 袁济喜：《人海孤舟——汉魏六朝士的孤独意识》，河南人民出版社1995年版，第18页。

> 先生不知何许人也，亦不详其姓字，宅边有五柳树，因以为号焉。闲静少言，不慕荣利。好读书，不求甚解；每有会意，便欣然忘食。性嗜酒，家贫不能常得。亲旧知其如此，或置酒而招之。造饮辄尽，期在必醉。既醉而退，曾不吝情去留。环堵萧然，不蔽风日。短褐穿结，箪瓢屡空，晏如也。常著文章自娱，颇示己志。忘怀得失，以此自终。
>
> 赞曰：黔娄之妻有言："不戚戚于贫贱，不汲汲于富贵。"极其言兹若人之俦乎？衔觞赋诗，以乐其志，无怀氏之民欤？葛天氏之民欤？

作为知名田园诗人，陶渊明对自然的向往、对名利的淡泊是千百年来人所共知的。早在他彻底回归田园之初就写下了《归去来兮辞》，表达他对人生的态度。

> 木欣欣以向荣，泉涓涓而始流。善万物之得时，感吾生之行休。已矣乎！寓形宇内复几时，曷不委心任去留？胡为乎遑遑欲何之？富贵非吾愿，帝乡不可期。怀良辰以孤往，或植杖而耘耔。登东皋以舒啸，临清流而赋诗。聊乘化以归尽，乐夫天命复奚疑！

陶渊明所心向往之的是由"孤往""耘耔""舒啸""赋诗"所构成的适情适性、独立不倚的生活。这种心态在《五柳先生传》中有更为具体感性的书写。文章具体从六个方面渲染自己的隐士作风：闲静少言、不慕荣利、爱好读书、喜欢饮酒、安于贫困和著文自娱。这显然迥异于司马迁。在这篇自传中，自我人格代替了社会人格，个性追求取代了社会活动，血肉丰满的个体替换了冷峻坚硬的面目。毫无疑问，在陶渊明身上，个体意识觉醒比司马迁更透彻、更自觉、更自然。陶渊明认为自己不应在追慕荣利富贵中荒度一生，不应把自己完全贡献给宗法社会的社会秩序，而应认识到个人的价值高于宗法社会的价值，"衔觞赋诗，以乐其志"，做一个无怀氏或葛天氏时代的人。他按照自我的喜好纵意享受生活，嗜酒忘返，每饮必醉，"恣情任性"，我行我素；虽家徒四壁却心情平和，安然自在，所谓"晏如也"。这与司马迁受尽煎熬却一心一意著书立说形成了多么大的反差呀！

　　享受生活、重视自我生存价值、追求个性化生活，这一切都有力地证明了陶渊明对生命的感知与体悟是深刻与独特的，人的个体意识在他的身上已得到了较为透彻的觉醒。这一份觉醒足以促使他意图明确地撰写自身以向世人昭示自身的存在价值。

　　魏晋南北朝是人的个体意识觉醒、文学自觉的时代。这一时代大气候对自传的自觉也起了重要的作用。自传的自觉是文学自觉的一部分，但遗憾的是，它常常是被人遗忘的角落。

二　死亡意识与中国古代自传文学的发展

　　生与死总是形影相伴。不论人们在"嫦娥奔月"的神话中对长生寄托了怎样的憧憬和希冀，"死亡"的阴影总是时刻不离"生存"的左右，"对于生的理解也就是对于死的认知，对于死的沉思也就是对于生之本质的玄想"[①]。甚至相对于生，死亡常常显得更为"扣人心弦"。对死亡的意识与关注可以使人充分体验感知生命的本真，生发出一种有关生命本质的自我意识，从而改变自我的人生行为。正如陶东风与徐莉萍在《死亡·情爱·隐逸·思乡——中国文学四大主题》一书中所说："只有死才能反照出生，对死的反思是对生的反思的集中体现。一个意识到自己将会死，并认真反思过这一结局的人，与一个没有这种意识和反思的人，对生的设计和体验是全然不同的。"[②]

　　中国古代关于死亡的感受与思考在庄子的作品中已有十分深刻且精辟的见解："人生天地之间，若白驹之过隙，忽然而已。"（《庄子·知北游》）"天与地无穷，人死者有时，操有时之具而托于无穷之间，忽然无异骐骥之驰过隙也。"（《庄子·盗跖》）庄子把生命的时间性一针见

[①] 李向平：《死亡与超越》，上海文化出版社 1997 年版，第 164~165 页。
[②] 陶东风、徐莉萍：《死亡·情爱·隐逸·思乡——中国文学四大主题》，杭州大学出版社 1993 年版，第 8 页。

血地揭示出来，有限的生必然意味着死的无法遁避。死亡是哲学的"守护神"，中国古代儒家、道家、佛家对它都有独到的理性思考和超越方式；死亡也是文学的永恒主题，中国古代的诗歌、散文、小说等文学体裁无一不书写死亡、观照死亡。古代自传作为文学的一种，也每每书写死亡，且自传作为回顾总结人生的文学，其作者创作的原始动机较之其他文学样式更多了一份对死亡的深刻感受，死亡意识在自传中尤为明显与确实。本书认为死亡意识在古代自传文本中的反映主要存在以下几种情况。

（一）作者在文本中直接写明其创作自传是由于感受到死亡的阴影的投射，即作者创作自传的直接驱动力是对死亡的认知和意识。如东汉王充在《论衡·自纪》的结尾处写道：

> 适辅服药引导，庶冀性命可延，斯须不老。既晚无还，垂书示后。惟人性命，长短有期，人亦虫物，生死一时。年历但记，孰使留之？犹入黄泉，消为土灰。……命以不延，吁叹悲哉！

如前所述，《自纪》既是王充的自传也是他的哲学巨著《论衡》的书序。王充在《论衡·自纪》中坦言，其写作《论衡》一书是由于意识到自己"生死一时"、去日无多，想留点东西给后人。《论衡·自纪》的写作自然也属同种情况。南朝刘峻在其自传文《自序》中，将死亡与自传的关系点得更为明晰："余声尘寂寞，世不吾知。魂魄一去，将同秋草……所以自力为序，遗之好事云。"刘峻一生"戚戚无欢"，世俗生活与官场仕途均不称意：悍妻、无子、疾病无时无刻不刺痛着他；才高志大、德行芳洁却不被朝廷重用，则是他不能忘怀的憾事。刘峻生前寂寂无闻，独立于冷冷世俗中，其《广绝交论》曾悲呼："独立高山之顶，欢与麋鹿同群，皦皦然绝其雰浊，诚耻之也，诚畏之也。"生前的冷寂使他害怕自己死后名声如秋草般枯萎无息。因此，刘峻写作自传，希望凭借它能使后世"好事之徒"传其事，扬其名。由此可以断言，正是因强烈感受到死亡的迫近，他最终"自力为序"创作了自传。

（二）作者虽没有在自传中明确说明其创作自传与认知死亡之间的因果关系，但自传以大量篇幅描述作者面对死亡的心绪心态，即作者是在经历过"出生入死"之后进行自传创作的。

此类自传首推南宋文天祥的《指南录后序》。该传记叙了南宋恭帝德祐二年（1276）二月十九日至端宗景炎元年（1276）夏五月，作者出使元营九死一生的经历。在短短的四个月中，作者有十八次感受到死神的逼近，作者在自传中对此都加以实录，并感叹道："呜呼！死生，昼夜事也。死而死矣，而境界危恶，层见错出，非人世所堪。痛定思痛，痛何如哉！"或许，死亡作为结局有时并不可怕，但一次次与死亡擦肩而过，体验它的恐怖险恶却是一种非人的折磨，较之死亡本身更使人战栗恐惧。生死一瞬的实况，成为这篇自传的主要内容。

对死亡的切肤之感同样存在于南宋李清照的《金石录后序》。作者在自传中不仅记录了自己在兵荒马乱的年代生死存之一线的危厄境遇，而且写到了夫婿之死及自己的丧夫之痛，贯穿全文的金石书画的得失聚散则为作者的生死之感涂抹了一层漆黑的底色。

（三）作者选择"墓志铭"的形式自述生平，把尚处于进行时的"我"定格为过去时的"他"，即作者在假定传主——作者本人——已经死亡的前提下，以旁观者的身份审视演绎自己的人生历程，从而描画出一幅线条准确的"遗像"。

东汉后期兴起了以记述死者生平为主的墓碑文的创作。但随着曹操和司马炎先后下达禁止立碑的诏令，墓碑转入地下，从而在魏晋以后兴起了墓志铭。墓志铭包括"志"与"铭"两部分，前者多用散文体撰写，记述逝者的姓名、籍贯和生平事略；后者用韵文概括全篇，表达颂扬之意。古代墓志铭数量是巨大的，其中，"自撰"的墓志铭以其新颖的构思、确凿的史料和细腻的心理申述别具一格。尤其是一些精品，如唐代王绩的《自撰墓志铭》、韩昶的《自为墓志铭并序》、杜牧的《自撰墓铭》，明代徐渭的《自为墓志铭》、张岱的《自为墓志铭》等，历来广为人称道。

"自撰"的墓志铭从形式到内容都表现出死亡意识已渗透作者的骨

髓。例如王绩在《自撰墓志铭》中写道,"身死之日,自为铭焉",提到了死亡的"事实";韩昶的《自为墓志铭并序》则因作者当时身染重疾,旦夕或死,对死亡的书写尤为逼真:"大中九年六月三日寝疾,八日终于任。年五十七。其年十二月十五日,葬孟州河阳县尹村。"读过这篇墓志铭后,可以实实在在地嗅到韩昶身上散发出的"死"的"气息"。

张岱的《自为墓志铭》则是"自撰"墓志铭中的一个特例。作者在自传中明确说明该墓志铭传主与作者是同一人,之所以"自为"墓志铭是出于对"死"的恐惧和效仿前人之故,写作墓志铭时传主仍在人世。

> 恐一旦溘先朝露,与草木同腐,因思古人如王无功、陶靖节、徐文长皆自作墓铭,余亦效颦为之。……明年,年跻七十,死与葬,其日月尚不知也,故不书。

该墓志铭虽写明是在传主生前写的,但其中所包含的死亡意识仍是一目了然的。

通过对上述三种情况的分析,可以较为感性地认识到古代自传中所存在的死亡意识,自传的诞生往往是因作者对"死"的恐惧意识;同时,"死"的无情狰狞又反过来影响自传的创作,使同一传主在自传与他传中可能被演绎为具有截然不同的内蕴情致的艺术形象。试以徐渭为例。

徐渭所作自传现可查阅的有两篇《自书小像》和一篇《自为墓志铭》。两篇《自书小像》虽笔调诙谐幽默,但由于篇幅短小,内容以肖像描写为主,常常为人所忽略;《自为墓志铭》则因其情感炽烈、坦诚使传主具有灵动的生命之美而感人至深。在这篇墓志铭中,传主独立不羁、不为世俗所撼、高傲倔强的个性得到了强化。文章开首就以漫画式的笔触为自己的超然和玩世不恭作了一幅自画像。

> 贱而懒且直,故悍贵交似傲,与众处不免袒裼似玩,人多病之。

漫画的形象常常是人的内在精神本质的外在异化和夸张,徐渭乖僻的性情由此可见。但在《明史·徐渭传》中徐渭却呈现出别样的个性风格。如同是对徐渭做胡宗宪幕僚和自杀事件的撰写,《自为墓志铭》中作者做如是表述:

> 一旦为少保胡公罗致幕府,典文章,数赴而数辞,投笔出门。使折简以招,卧不起。人争愚而危之,而己深以为安。其后公愈折节,等布衣,留者盖两期,赠金以数百计,食鱼而居庐,人争荣而安之,而己深以为危。至是,忽自觅死。人谓渭文士,且操洁,可无死。不知古文士以入幕操洁而死者众矣,乃渭则自死,孰与人死之?

而《明史·徐渭传》对此却陈述为:

> 渭知兵,好奇计,宗宪擒徐海,诱王直,皆预其谋。借宗宪势,颇横。及宗宪下狱,渭惧祸,遂发狂,引巨锥刺耳,深数寸,又以椎碎肾囊,皆不死。

比较二者发现,徐渭自申其处世之道深得《老子》"祸兮,福之所倚;福兮,祸之所伏"的精髓,既不会因权贵压顶而战战兢兢,也不会被眼前的耀眼光环冲晕头脑。自杀之举他也只一句轻轻带过,漫不经心。对照传主处世哲学的超脱、行文走笔的淡然,自杀之于传主只是一种带着血和泪的自嘲,是借老庄思想故作潇洒之态。而在《明史·徐渭传》的修撰者眼中,徐渭却是一个依附权势、工于心计的贪生怕死之徒:胡宗宪在位之时,传主出谋划策借势横行;胡宗宪被捕之后,传主害怕被追究责任不惜装疯卖傻,用自杀逃避当局的制裁,自杀是手段而非目的。传主人格的低劣可见一斑。

对传主品性的理解和形象的塑造之所以会有天壤之别,剔除徐渭可能具有的自我美化和保护意识、高举正统道德礼教旗帜的官方修史者对长有"反骨""异端分子"的压制否定等因素,作者死亡意识的有无是产生这一分歧的至为关键的原因。苏格拉底曾经说过："死亡——不是生存——才是得到纯粹智慧的最佳途径。"海德格尔也认为，人生真正的存在是"向死而在"。那种真正的属于自己的死亡能够强烈地凸显个体生命此在的内在本质，使个人生命向着某种尚未显现的方向努力，从而排除死的沉沦方式与生的虚假状态，以一种能在的主体性组建此在。①如上文所述，徐渭显然不乏这种"属于自己的死亡"。徐渭心中的"义"是指正义和真理，而非儒家的礼义。他曾说"度于义无所关时，辄疏纵不为儒缚；一涉义所否，干耻诟，介秒廉，虽断头不可夺"，认为只要符合"义"，则一意孤行不以世俗之见为然，虽是犯儒家的大忌——自杀，也"亲莫制，友莫解"；如果是违背"义"的行为，则即使断头也不会去做。相形之下，《明史·徐渭传》的修撰者自然不可能对传主的心态走向有如此深刻的把握。一者，他自身对死亡有无意识尚无法确知；二者，他不可能具有传主本人的死亡感受。这一切使他难以体察传主对人生匆匆的无奈与反抗，难以理解传主"向死而在"的人生激情与斗志，难以探知传主前进的人生方向，从而以简单的逻辑推理替代了对人物深层心理的发掘与察知，使真实还原力图摆脱死神阴影、追求个性与真理的人物形象成为不可能。徐渭在世之时对"畏罪自杀"之名也早有耳闻，他在《自为墓志铭》中就说过："畏溺而投早嗤渭。"但对此徐渭只以自己未能做到明哲保身而一笑了之。所谓欲加之罪，何患无辞。徐渭忧愤苍凉的自传可视为一首悲苦凄凉的人生挽歌，其中所流泻的死亡情绪令人"闻知愀然变色"，久久难以平静。

  作者死亡意识的在位或缺席对传主和作品的影响除徐渭的《自为墓志铭》和《明史·徐渭传》外，同样存在于其他自传或他传之中。例如宋代欧阳修的自传《六一居士传》，是作者晚年体弱多病之时创作的，此时的欧阳修已深知来日无多，因此他在自传中把自己塑造成厌倦宦海浮沉，一心退隐江湖的形象，行文洒脱清新："一日，天子恻然哀之，赐其骸骨，使得与此五物偕返于田庐，庶几偿其夙愿焉。此吾之所以志

---

① 参见〔德〕马丁·海德格尔《存在与时间》，陈嘉映、王庆节合译，生活·读书·新知三联书店1987年版。

也。"琴、棋、书、酒和金石遗文成为欧阳修晚年的最爱，这显然迥异于《宋史·欧阳修传》中刻画的兢兢业业、效命朝廷的传主形象。

由此可见，死亡意识作为生命情绪的一部分，对中国古代自传的传主形象塑造、主旨题趣定位、行文走笔基调均有一定的影响，它直接促进了古代自传的发展和成熟。

三 中国古代自传中的生死智慧

方以智云："有言生死一大事者，岂非醒世第一铎乎。"（《东西均·生死格》）的确，生死智慧是人类智慧的核心，是文化价值系统确立的基础；它不仅体现出对生命终极的关怀，而且折射出民族的深层心理特征。

正如西班牙哲学家乌纳穆诺所言，人就其作为一个孤绝的个体性质来说，只有在为了生存以及自我保存的需求下才能够有所感觉。[1] 战胜死亡寻求永恒生命，是千百年来人类孜孜不倦的追求，这种似西西弗斯的行为构成了动态的生命进程与静态的文化精义。而建筑在强烈生命意识基础之上的古代自传，对生死的思考注定是显性和多元的。传记的历史"本色"赋予古代自传生死观以显性可感，中国传统文化的博大精深则在一定程度上成就了古代自传生死思考的复杂多元。

从文化发生学的角度看，人类文化是多源发生、多元并存、多维发展的。诸子学说的存在使得中国文化早在先秦时期就已定下了多维的基本格局。其中，儒道文化占据着主流统治地位，李泽厚在《美的历程》一书中曾指出："就思想、文艺领域说，这主要表现为以孔子为代表的儒家学说，以庄子为代表的道家，则作了它的对立和补充，儒道互补是两千多年来中国思想一条基本线索。"[2] 儒道在很大程度上和极大范围内主宰着古人的思想体系及价值取向；儒道设定的生死观、人生观也因此成为中国古代生死反思的基本内容。本书试图从文化的层面将古代自传文本所体现的生死智慧分儒道两种类型加以梳理与分析，以期进一步明确

---

[1] 参见〔西班牙〕乌纳穆诺《生命的悲剧意识》，北方文艺出版社1987年版。
[2] 李泽厚：《美的历程》，生活·读书·新知三联书店2014年版，第51页。

古代自传所表现出的生命意识，还原古人的生存本相。

（一）使命人生——儒家生死智慧的表现

翻开中国古代自传，便会真切地感受到一大批血脉偾张的传主散发出的积极进取的气息。自西汉司马迁的《太史公自序》、东汉王充的《论衡·自纪》、南朝刘峻的《自序》到唐代刘知幾的《史通·自叙》、刘禹锡的《子刘子自传》、明代艾南英的《自叙》，直至清代段玉裁的《八十自序》、谭嗣同的《寥天一阁文·三十自纪》、梁启超的《三十自述》，传主痴狂的激情、无悔的担承充盈其间。这是一种源于生命底蕴之处的执着与奋进，传主视担负使命并为此奉献一生为拯救自我生命的唯一途径。

沉重坚韧又昂扬激越的使命精神是人生具有力度的先决条件，也是古代自传至今仍能感动人、净化人的主要原因所在。清代杰出的文字训诂学家段玉裁一生著作等身，深受世人尊崇。但他在耄耋高龄创作自传《八十自序》时，字里行间没有流露出半点炫耀标榜的意味，有的只是对颓龄易丧的喟叹，对一生建树不丰的自责。

> 忽忽至今，遂已八十。回首平生，学业何在也？政绩何在也？自蜀告归，将以养亲，将以读书；然虽以此自期，而养亲未之能力也，而读书竟无成也。余之八十年，不付诸逝水中乎？其将何以见吾父吾亲于地下乎？此余之自悔也！

且不论段玉裁政绩如何，其学业上的成就堪称辉煌。段氏于训诂学领域用力尤勤，那部积三十余年心血脱稿付梓的《说文解字注》被公认为解释《说文》的权威性著作。对于已取得的成绩段氏没有沾沾自喜，他清醒地看到了时不我待的紧迫性和拼搏一生的必要性。在自传末尾，他写道：

> 苟能不虚其年，则永短皆幸也。苟虚其年，则年愈永，悔愈多，

而何幸之有乎？

段氏认为只要一生不虚度年华，则不论活得时间长还是短都是值得庆幸的事；但如果碌碌无为、蹉跎岁月，那么年寿愈长悔恨就应愈多，没有什么可为自己的长寿庆贺的。这不可简单视为自谦之辞，它更是传主寻求永恒而生生不已的生命力的见证，是传主对生死进行理性思考的结果——只有把握住的人生才是永恒的人生，只有追求过的生命才是真正的生命。

饮冰室主人梁启超对生命的思考有着与段氏绝妙的相同之处。他在自传文《三十自述》中自问：

> 人海奔走，年光蹉跎，所志所事，百未一就。揽镜据鞍，能无悲惭？

作为清末维新派领袖，梁启超三十岁之前可谓踔厉风发，在政界与学界均有惊人之举。回眸往事，梁氏却认为自己"百未一就"，并感叹道：

> 呜呼！国家多难，岁月如流，眇眇之身，力小任重。吾友韩孔广诗云："舌下无英雄，笔底无奇士。"呜呼，笔舌生涯，已催我中年矣！此后所以报国民之恩者，未知何如？每一念及，未尝不惊心动魄，抑塞而谁语也。

与段玉裁相比，梁启超矢志拯亡续绝的孤往精神和肝胆气魄更令人心旌摇曳而意气风发。"梁之所以要把个体生命的造因归之于自己的意志力……而是希望能以个体生命意志来把握那属于自己的生命，能够做到'无我相'，为普救众生、变法济世毫不犹疑地献出自己的生命。"[①] 国家兴亡，匹夫有责。虽身小力单，但传主"报国民之恩"的信念却无丝毫

---

① 李向平：《死亡与超越》，上海文化出版社1997年版，第146~147页。

动摇,内心感到不安的只是何以报国,是仍用笔舌还是改用他途?传主使命人生观念的强烈、自我价值期待兑现的渴望充斥其间。救国救民成为传主魂牵梦绕之事,是生命之最重。追索这类生命演进的遗痕,钩稽沉沉史海中历史精魂的生死之想,宁不感涕唏嘘?

传主使命人生观念的理论,可以很轻易地在儒家的价值观中找到源头。"内圣外王"的人格理想注定儒家的价值观强调入世态度和进取精神。孔子自称:"其为人也,发愤忘食,乐以忘忧,不知老之将至。"(《论语·述而》)其得意弟子曾子曰:"士不可以不弘毅,任重而道远。仁以为己任,不亦重乎?死而后已,不亦远乎?"(《论语·泰伯》)自儒家的开山鼻祖至弟子门徒均把以生弘道作为自己不可推卸的使命承担起来。在他们看来,人生就是一种使命,只有在求道的漫漫长途中才有可能品尝到"生"的甘果,实现对死亡的生命超越。而中国传统文化是以儒家传统为主轴的文化,中国传统价值观是以儒家价值规范为主导的价值观。因此,以求道为核心内涵,以立德、立功、立言等内容为外延的使命人生观念,在古代自传中大量存在并名正言顺地占据着主导地位。

(二) 逍遥人生——道家生死智慧的表现

"充满劳绩,但人诗意地/栖居在这片大地之上。/我也可以说是这样,/人的纯粹远远超过/缀满繁星夜空的幔帐。/……"荷尔德林用美丽的诗句向世人诉说着人生的诗意和诗意的人生。在东晋诗人陶渊明的自传中,那份"采菊东篱下,悠然见南山"的诗意也涓涓流淌。晚唐陆龟蒙的《甫里先生传》、元末明初杨维桢的《铁笛道人自传》、明末清初应㧑谦的《无闷先生传》,以及清代平步青的《栋山樵传》等自传文,都向世人描绘着一幅"挟飞仙以遨游,抱明月而长终"(苏轼《前赤壁赋》)的逍遥人生图景。"知其不可奈何而安之若命"(《庄子·人间世》)的生死自然观与"乘天地之正,而御六气之辩,以游无穷"(《庄子·逍遥游》)的人与自然一体观是逍遥人生存在的哲学基础,它们共同指向以维护个人生命本质为核心的道家人学。人生在自然无为与逍遥无虑之中绽露出千般意蕴万种风情;生命在这些自传中流动,蕴藉着诗性之美。

透视文本,逍遥人生在古代自传中具体表现在两个方面。

其一,生死自然、淡泊洒脱。庄子云:"死生,命也,其有夜旦之常,天也。人之有所不得与,皆物之情也。"(《庄子·大宗师》)意思是人的死生就像黑夜和白昼的永恒交替一样,是自然的规律。直面生死使得道家在解脱了固执于生死存亡的痛苦的同时,也彻底挣脱了功名利禄的羁绊,达到了"无为""无情""无我"的人生境界。具有道家思想的传主也往往呈现出彻悟人生、傲然自得又委顺自然的生命形态。例如晚唐陆龟蒙"性野逸,无羁检",且孤芳自赏、脱弃凡俗,"不喜与俗人交,虽诣门不得见也。不置车马,不务庆吊。内外姻党,伏腊丧祭,未尝及时往"(《甫里先生传》)。而在"风雨如晦,鸡鸣不已"的明清时代,学者应㧑谦以沉静自得的心态隐逸人生。他自述"足迹不出百里","终日书室,少与俗交","才拙于谋生,乏绝而不能自生者数矣"。如此的生活,传主却"自以为天之遇我厚也,故号无闷焉"。传主安贫若素、著书自娱的平和心态可见一斑,真可谓以不变应万变,忘情俗事、彻悟人生。

其二,放情山水,让生命融迹于自然。诗曰:"水光山色与人亲,说不尽、无穷好。"(李清照《怨王孙》)大自然对世人的陶冶与洗礼是千古公认的。《庄子·知北游》云:"天地有大美而不言,四时有明法而不议,万物有成理而不说。圣人者,原天地之美而达万物之理。是故至人无为,大圣不作,观于天地之谓也。"永恒广袤的自然界具有一种精神性的价值,它给予人们的是博大胸怀和天然意趣,世人置身其间能强烈感受到与天地同在的生命张力,寻觅到生命之所倚、生命之所终,洗涤灵魂、净化心志。陆龟蒙在把山水作为栖逸高蹈之处的自述中,不经意地流露出对独具一格的人生的自得情绪。

> 或寒暑得中体性。无事则时乘小舟,设蓬席,赍一束书,茶灶、笔床、钓具、榷船郎而已。所诣小不会意,径还不留,虽水禽决起,山鹿骇去之不若。人谓之江湖散人……

无独有偶，杨维桢对自己放逐山水的生活也进行了详细描绘。

> 将妻子游天目山，放于宛陵、毗陵间。霅中、云间山水最清远，又自九龙山涉太湖，南溯大小震泽，访缥缈七十二峰。东抵海，登小金山，脱乌巾，冠铁叶冠，服褐毛宽博，手持铁笛一枝，自称铁笛道人。

他还明确表示：

> 至名山川必登高遐眺，想见古人风节，旷达非常人所能测也。

杨维桢幽居于"其高百丈，上有萼绿梅花数百植"的铁崖山，在生活上与一般的俗人隔绝交往；在精神上也追求"非常人所能测"的古圣人情操风节。钟灵毓秀的大好山水与宇宙天地生生不息，人们只有将生命整个地融入这大化之道中，方能宣泄胸中的郁闷，体验到心灵的宁静，得到一种超越与神归。在此意义上，杨维桢可被视为古人中于山水之间神超形越的典范。其自传则是对此种心迹的真实绘写，读来仿若品味一杯清茶，唇齿遗香。

诚如潘知常在《众妙之门——中国美感心态的深层结构》一书中所言，逍遥人生"不是外在的奔波、流离、升天入地、跋山涉水，而是内在的审美态度的建立，是生命的沉醉，生命的祝福，生命的体味，生命的升华，生命的逍遥"①。这种逍遥虽不能激发读者血液中藏隐着的梦想，但可以打开人们被红尘覆盖的心灵之窗，还人们一方净土。

在绍述古代自传生死智慧的过程中，不论是"天行健，君子以自强不息"的使命人生还是"应尽便须尽，无复独多虑"的逍遥人生，都是人类的生命意识在生命超越与世俗生活的尴尬困境中的选择与挣扎。老庄和孔孟在理性之光的照射下创造出"道"与"仁"的超越世界，后世

---

① 潘知常：《众妙之门——中国美感心态的深层结构》，黄河文艺出版社1989年版，第94页。

的人们便锤炼心性并苦苦地向此世界艰难跋涉。①

　　中国古人在平凡而琐细的日常生活中不断超越自身，这是"一种对于宇宙融镕直贯的全部人生的执着肯定的生命意识。简而言之，是生命的谢恩"②。传主或汲汲于功名白首不悔，或放诞任性而逍遥自得，或救国救民著书诲人，或隐逸山林吟诗自娱，虽生存的具体表现形式存在差异，但都是导向内心的调和宁静，即追求生命的超越。审视古代自传，不难发现在一个传主身上可能同时烙有儒、道、释、法等多种思想印记，也可能于不同时期表现出截然相反的价值追求、生死智慧，生命的精彩也许就在于此。毕竟，浩瀚的心海不是机械地归类划分可以确指的。本书之所以用儒道来分析自传中存在的生死智慧，是因为这两种思想在传主身上最为醒目。换言之，如果明晰了这两种生死观，那么传主的生命意识就可以得到较为确切的把握。

　　不论在理解探寻古人的生命意识中会产生何种偏颇，"生如夏花之灿烂，死如秋叶之静美"始终是人们心灵深处一缕千年不变的情思。

四　中国古代自传文学选读

五柳先生传

陶渊明

　　先生不知何许人也，亦不详其姓字，宅边有五柳树，因以为号焉。闲静少言，不慕荣利。好读书，不求甚解；每有会意，便欣然忘食。性嗜酒，家贫不能常得。亲旧知其如此，或置酒而招之。造饮辄尽，期在必醉。既醉而退，曾不吝情去留。环堵萧然，不蔽风日。短褐穿结，箪瓢屡空，晏如也。常著文章自娱，颇示己志。忘怀得失，以此自终。

　　赞曰：黔娄之妻有言："不戚戚于贫贱，不汲汲于富贵。"极其言兹若人之俦乎？酣觞赋诗，以乐其志。无怀氏之民欤？葛天氏之民欤？

---

① 参见徐金葵《生命超越与中国文明》，上海文化出版社1991年版。
② 潘知常：《众妙之门——中国美感心态的深层结构》，黄河文艺出版社1989年版，第79~80页。

【赏析】

陶渊明（约365～427），又名潜，字元亮，世称靖节先生，浔阳柴桑（今江西九江）人，东晋大诗人。这篇作品产生的时间众说纷纭。一般认为是陶渊明青年时所作。文章虽以第三人称写五柳先生的志趣爱好，但实际应是陶渊明的自我写照，是一篇自传文。《晋书·陶潜传》中说："潜少有高趣，尝著《五柳先生传》以自况。……时人谓之实录。"

《五柳先生传》作为中国古代早期的自传文，对古代自传的发展有着不容忽视的影响，其鲜明的创作个性主要表现在以下三个方面。其一，首创纪传体形式的自传文。在陶渊明之前，司马迁的《史记·太史公自序》、王充的《论衡·自纪》和曹丕的《典论·自叙》均是带有自传性质的自序文。直到陶渊明的《五柳先生传》才开始取正史纪传体的形式，以第三人称写自传。此后，王绩的《五斗先生传》、白居易的《醉吟先生传》等，都深受其影响。其二，自传不重在叙述生平事迹，而重在表现生活情趣，带有自叙情怀的特点。《五柳先生传》从思想性格、爱好、生活状况等方面塑造了一位独立于世俗之外的隐士形象，赞美了他安贫乐道的精神。具体而言，表现在六个方面：闲静少言、不慕荣利、爱好读书、喜欢饮酒、安于贫困、著文自娱。在文末的赞语中，作者引用黔娄之妻的话再次称扬五柳先生的高洁志趣："不戚戚于贫贱，不汲汲于富贵。"且将其称为上古的无怀氏、葛天氏之民，这无疑是对五柳先生憎恶世俗、守志于田园的高志奇情的充分肯定，而这也是陶渊明诗歌中一贯所传达的情感。其三，在写作上多用否定句，以"不"字贯穿全文。钱锺书认为："按'不'字为一篇眼目。……如'不知何许人，亦不详其姓氏'，岂作自传而并不晓己之姓名籍贯哉？正激于世之卖声名、夸门第者而破除之尔。"[①] 的确，自传提到的"不慕荣利""不求甚解""家贫不能常得""曾不吝情去留""不蔽风日""不戚戚于贫贱，不汲汲于富贵"等，就是基于世人有种种追名逐利、矫揉造作之事，作者才用"不"字突出自己与世俗的格格不入，以此凸显他对高洁志趣和独立

---

① 钱锺书：《管锥编》，中华书局1986年版，第1228～1229页。

人格的坚持，正如王夫之所谓"言'无'者，激于言'有'者而破除也"（《船山遗书》第六十三册《思问录》内篇）。这不仅使读者对传主与众不同的思想情趣击节叹赏，也使文章笔墨精练而笔调诙谐，读来生动活泼，引人入胜。

醉吟先生传

白居易

　　醉吟先生者，忘其姓字、乡里、官爵，忽忽不知吾为谁也。宦游三十载，将老，退居洛下。所居有池五六亩，竹数千竿，乔木数十株，台榭舟桥，具体而微，先生安焉。家虽贫，不至寒馁；年虽老，未及耄。

　　性嗜酒，耽琴，淫诗。凡酒徒、琴侣、诗客，多与之游。游之外，栖心释氏，通学小中大乘法。与嵩山僧如满为空门友，平泉客韦楚为山水友，彭城刘梦得为诗友，安定皇甫朗之为酒友。每一相见，欣然忘归。洛城内外六七十里间，凡观寺、丘墅有泉石花竹者，靡不游；人家有美酒、鸣琴者，靡不过；有图书、歌舞者，靡不观。自居守洛川洎布衣家，以宴游召者，亦时时往。每良辰美景，或雪朝月夕，好事者相过，必为之先拂酒罍，次开诗箧。酒既酣，乃自援琴，操宫声，弄《秋思》一遍。若兴发，命家僮调法部丝竹，合奏《霓裳羽衣》一曲。若欢甚，又命小妓歌《杨柳枝》新词十数章。放情自娱，酩酊而后已。往往乘兴，屦及邻，杖于乡，骑游都邑，肩舁适野。舁中置一琴一枕，陶、谢诗数卷。舁杆左右悬双酒壶，寻水望山，率情便去。抱琴引酌，兴尽而返。如此者凡十年。其间日赋诗约千余首，岁酿酒约数百斛。而十年前后赋酿者不与焉。

　　妻孥弟侄虑其过也，或讥之，不应，至于再三，乃曰："凡人之性，鲜得中，必有所偏好。吾非中者也，设不幸，吾好利而货殖焉，以至于多藏润屋，贾祸危身，奈吾何？设不幸吾好博弈，一掷数万，倾财破产，以至于妻子冻饿，奈吾何？设不幸吾好药，损衣削食，炼铅烧汞，以至于无所成，有所误，奈吾何？今吾幸不好彼，而自适于杯觞讽咏之间。放则放矣，庸何伤乎？不犹愈于好彼三者乎？此刘伯伦所以闻妇言而不听，王无功所以游醉乡而不还也。"遂率子弟入酒房，环酿瓮，箕踞仰面，长吁太息曰："吾生天地间，才与行不逮于古人远矣；而富于黔娄，寿于颜回，饱于伯夷，乐于荣启期，健于卫叔宝：幸甚幸甚！余何求哉？若舍吾所好，何以送老？"因自吟《咏怀》诗云："抱琴荣启乐，纵酒刘伶达。放眼看青山，任头生白发。不知天地内，更得几年活？从此到终身，尽为闲日月。"吟罢自哂，揭瓮拨醅，又饮数杯，兀然而醉。既而醉复醒，醒复吟，吟复饮，饮复醉。醉吟相仍，若循环然。由是得以梦身世，云富贵，幕席天地，瞬息百年，陶陶然，昏昏然，不知老之将至，古所谓得全于酒者，故自号为醉吟先生。

于时开成三年，先生之齿六十有七，须尽白，发半秃，齿双缺；而觞咏之兴犹未衰。顾谓妻子云："今之前，吾适矣；今之后，吾不自知其兴何如。"

【赏析】

白居易（772~846），字乐天，号香山居士，唐代大诗人。祖籍太原，其曾祖父时迁居下邽（今陕西渭南）。贞元十六年（800）中进士，当过左拾遗，因得罪执政者，被贬为江州司马。后任杭州、苏州刺史，官至刑部尚书。在文学上积极倡导新乐府运动，主张"文章合为时而著，诗歌合为事而作"，写下了不少感叹时世、反映人民疾苦的诗篇，对后世颇有影响。晚年退居洛阳，意志消沉，诗酒自纵，独善其身。著有《白氏长庆集》。《醉吟先生传》写于唐文宗开成三年（838），此时白居易67岁，距离他58岁借病东归过半隐居生活正好满十年。

白居易一生在仕途与著作上均有显著的成就，但其自传《醉吟先生传》，只在开头对自己的仕宦经历一语带过，其余篇幅详尽描述了自己闲居洛阳十年放情诗酒的隐逸生活。"性嗜酒，耽琴，淫诗"一句，既写出了白居易晚年的生活状态，又点明了"醉吟先生"的题意。正因如此，人们常常将此自传与陶渊明描绘自己隐逸生活的《五柳先生传》相提并论,而二者在创作上也有明显的承袭印记。正如《旧唐书·白居易传》所记载:"初,居易罢杭州,归洛阳。于履道里得故散骑常侍杨凭宅,竹木池馆,有林泉之致。家妓樊素、蛮子者,能歌善舞。居易既以尹正罢归,每独酌赋咏于舟中……又效陶潜《五柳先生传》,作《醉吟先生传》以自况。文章旷达,皆此类也。"不仅内容上有相似之处,在写作手法上,《醉吟先生传》也有明显的模仿痕迹。特别是开头一句对自己姓字籍贯的介绍:"醉吟先生者,忘其姓字、乡里、官爵,忽忽不知吾为谁也。"无疑是《五柳先生传》中"先生不知何许人也,亦不详其姓字"的翻版。作者以忘记自己这些社会要素来宣告自己对山水田园的钟情和对隐逸生活的向往。

与完全放弃官场的陶渊明不同,在洛阳的白居易担任着太子宾客的闲职,但从他内心而言,他认为自己已经过着一种隐居生活了,这可以从他在《醉吟先生传》开头的"退居洛下"一语中看出。与此同时,必须注意到《醉吟先生传》与《五柳先生传》在创作上也有明显的不同之处。首先,从内容上看,两篇自传所写的生活方式还是有较大差距的。正如苏轼所云:"茅屋归元亮,霓裳醉乐天。"(《至真州再和二首》之二)晚年的白居易闲职在身,有着优厚的俸禄,可以尽情地享受生活(自传第一段中所提到的"家虽贫,不至寒馁"显然是自谦之词)。自传的第二段具体地描述了传主潜心佛学、放情山水、听歌吟诗的生活,所谓"放情自娱,酪酊而后已"。这显然与陶渊明"短褐穿结,箪瓢屡空"的生活状态有着极大的差异。同样是交友,《五柳先生传》中结交的是乡间野老,而《醉吟先生传》中结交的却是僧侣、士大夫。值得一提的是,对自己的生活方式,白居易在自传的第三段中加以辩护,认为自己沉迷于醉吟是"幸甚幸甚"。这与其早年积极创作讽喻诗干预朝政的思想有着天壤之别。究其原因,既是晚年白居易受佛道思想影响所致,也是他被贬为江州司马后思想渐趋消极的结果。其次,从叙事手法上看,《醉吟先生传》比《五柳先生传》叙事更详尽,开合有度,颇有六朝小品文的风致。例如,文中有对所住屋舍的细腻描绘,"所居有池五六亩,竹数千竿,乔木数十株,台榭舟桥,具体而微",这就为下文传主津津乐道的山野林泉之乐营造了极浓的氛围。通读全篇,《醉吟先生传》中传主"醉吟"的形象是深刻而鲜明的,但隐藏其间的失落与苦闷也是不容忽视的,这才是完整的晚年白居易的形象特征。

六一居士传

欧阳修

六一居士初谪滁山,自号醉翁。既老而衰且病,将退休于颍水之上,则又更号六一居士。

客有问曰:"六一何谓也?"居士曰:"吾家藏书一万卷,集录三代以来金石遗文一千卷,有琴一张,有棋一局,而常置酒一壶。"客曰:"是为五一尔,奈何?"居士曰:"以吾一翁,老于此五物之间,是岂不为六一乎?"客笑曰:"子欲逃名者乎?而屡易其号。此庄生所诮畏影而走乎日中者也;余将见子疾走大喘渴死而名不得逃也。"居士曰:"吾固知名之不可逃,然亦知夫不必逃也;吾为此名,聊以志吾之乐尔。"客曰:"其乐如何?"居士曰:"吾之乐可胜道哉!方其得意于五物也,泰山在前而不见,疾雷破柱而不惊;虽响九奏于洞庭之野,阅大战于涿鹿之原,未足喻其乐且适也。然常患不得极吾乐于其间者,世事之为吾累者众也。其大者有二焉:轩裳珪组,劳吾形于外;忧患思虑,劳吾心于内。使吾形不病而已悴,心未老而先衰,尚何暇于五物哉?虽然,吾自乞其身于朝者三年矣,一日,天子恻然哀之,赐其骸骨,使得与此五物偕返于田庐,庶几偿其夙愿焉。此吾之所以志也。"客复笑曰:"子知轩裳珪组之累其形,而不知五物之累其心乎?"居士曰:"不然。累于彼者已劳矣,又多忧;累于此者既佚矣,幸无患。吾其何择哉?"于是与客俱起,握手大笑曰:"置之,区区不足较也。"

已而叹曰:"夫士少而仕,老而休,盖有不待七十者矣,吾素慕之,宜去一也;吾尝用于时矣,而讫无称焉,宜去二也;壮犹如此,今既老且病矣,乃以难强之筋骸,贪过分之荣禄,是将违其素志而自食其言,宜去三也。吾负三宜去,虽无五物,其去宜矣,复何道哉!"

熙宁三年九月七日，六一居士自传。

【赏析】

欧阳修（1007~1072），字永叔，号醉翁、六一居士。庐陵（今江西吉安）人。北宋中期文坛领袖、诗文革新运动的领袖，"唐宋八大家"之一。宋神宗熙宁三年（1070），欧阳修被任命为蔡州知州，九月上任，并写作《六一居士传》一文，以自传的形式抒发晚年的思想情趣。

自宋仁宗庆历五年（1045）被贬滁州任太守后，欧阳修早年发扬蹈厉之风日渐收敛。仁宗皇祐元年（1049），四十三岁的欧阳修移知颍州，因迷上了颍州西湖风景，此后便产生隐栖颍州的念头。六十二岁时，欧阳修在颍州修筑了隐居所用的房屋。六十四岁时，写作自传《六一居士传》，这是一篇明示退隐之志的宣言书。两年后，欧阳修便与世长辞。垂暮之年的欧阳修之所以决意退隐，与他宦海浮沉，对仕途坎坷的认识逐渐加深有着极大的关联；加之晚年身体欠佳，又值王安石执政变法，两人政见分歧较大；此外，两年前有人指责他与长媳吴氏关系暧昧，虽经澄清但名誉终究受损。如此种种，最终促使欧阳修决心退隐。《六一居士传》在写作上别具一格，它没有叙述作者的主要经历，而是由晚年更号的由来说到自己的乐趣，表达了作者对现实生活的感受。四十岁的欧阳修曾自号"醉翁"，因此，在这篇自传中作者借鉴汉赋手法，用主客问答体的形式说明自己为什么要在晚年更号为"六一居士"。所谓"六一"，即藏书、金石遗文、琴、棋、酒，这五物各"一"，再加上自己这"一"个老翁。欧阳修对"六一"的解释表明他欲借琴棋书画、山水美酒来消磨壮志之心。紧接着，作者用主客对更号的辩难，写出了官场世事对作者的劳形与劳心，也写出了作者对"五物"的爱好。作为自传文，该文妙趣横生，跌宕多姿，可与陶渊明《五柳先生传》相媲美，颇有魏晋风韵。

中国古代自传文学的叙事与抒情

> 在我的心中啊，盘踞着两种精神，/这一个想和那一个离分！/一个沉溺在强烈的爱欲之中，/以固执的官能贴紧尘土。/一个则强要脱离尘世，/飞向崇高的先人的灵境。/哦，如果空中真有精灵，/上天入地纵横飞行/就请从祥云瑞霭中降临，/引我向那新鲜而绚烂的生命！
>
> ——〔德国〕歌德《浮士德》

当人被孤独无援地抛入这个世界后，人首先面对的是自己，其次是由人所构成的社会。作为"自在"的个体，人寻求头顶的一方天空，天性的守望、个性的追求始终萦绕于怀；作为社会的"分子"，人被伦理道德意识所渗透，思维的拘囿、个性的压抑在所难免。人在矛盾和冲突中寻觅心灵栖息和停泊的"家园"，而自传则是这份寻觅最为真实的写照。

人与社会的关系是构成人现实生存最基本的元素、最生动的音符，也是生命意识最本色的表征，它在很大程度上影响人的文化内涵和审美标准，这份影响同样存在于古代自传的创作过程中。本书立足于文本，试图寻绎主体的个性追求与自传创作手法、社会伦理意识与自传叙事观念之间内在的关联，并在此基础上展示传主在人格独立与社会认同的两难困境中的生存状态，希冀以此能更深入地挖掘古代自传所具有的生命意识，拨动传主心灵深处温柔而敏感的琴弦。

一 中国古代自传文学的叙事观念

检视中国传记文学发展的轨迹我们不无遗憾地发现，文与史长期无以科分的历史状况，使得作为中国古代传记轴心的史传每每饱蘸史家的翰墨而见困于文学的撩人风采，加之"传记文学"概念内涵界定的朦胧模糊，最终导致西方对中国古代传记文学存在着误解与漠视。[①] 与此同时，不难发现独立于卷帙浩繁的史传文学之外的古代自传则恰恰呈现出另一景观：淡化史实载述、注重抒情达意的创作倾向使得古代自传文本优美、传主个性显目，令人耳目一新，别有一番韵致。

大量抒情篇章的融贯使得古代自传中的传主大多人生历史消淡而人格形态生动，这恰是无意中吻合了郁达夫关于"传记文学，是一种艺术的作品，要点并不在事实的详尽记载"[②] 的现代传记理论。综观古代自传中作者表露个人心态情志的手法，大致可分为三类。第一类，全篇抒情，人物事迹如浮标般或隐或显地游弋于自传表面，以陶渊明和王绩的自传为代表。这类自传往往立传是假抒怀是真，因此传主灵气十足而眉目不清。陶渊明的自传一如其为人处世般飘逸空幽；唐初文学家王绩深受陶渊明创作手法的影响，写作了自传《五斗先生传》和《自撰墓志铭》。但不同于陶渊明的自传，王绩这两篇自传均是抒发自己怀才不遇的不满情绪，可谓满纸牢骚言，一把辛酸泪。王绩生活于隋末唐初，据《唐才子传》记载，"年十五游长安，谒杨素，一坐服其英敏，目为神仙童子。隋大业末，举孝廉高第，除秘书正字。不乐在朝，辞疾，复授扬州六合县丞。以嗜酒妨政，时天下亦乱，遂托病风，轻舟夜遁"，回归故里。可见他少年得志意气风发却不曾想壮年失志于官场，其心态的倾欹不平可想而知。试看其所作的《五斗先生传》：

> 有五斗先生者，以酒德游于人间。有以酒请者，无贵贱皆往。往必醉，醉则不择地斯寝矣，醒则复起饮也。常一饮五斗，因以为号焉。先生绝思虑，寡言语，不知天下之有仁义厚薄也。忽焉而去，倏然而来，其动也天，其静也地。故万物不能萦心焉。尝言曰："天

---

① 参见李祥年《传记文学概论》，安徽文艺出版社1993年版，第25页。
② 郁达夫：《什么是传记文学？》，《郁达夫文集》第六卷，花城出版社、生活·读书·新知三联书店香港分店1983年版，第285页。

下大抵可见矣。生何足养，而嵇康著论；途何为穷，而阮籍恸哭。故昏昏默默，圣人之所居也。"遂行其志，不知所如。

王绩在隋朝因任职不高，内心颇为不满，又因酒妨政，只得回乡。到了唐朝，王绩以原官待诏门下省，境况更为萧瑟，最后老死在家。王绩一生的遭遇在古代其实相当普遍，无奈其心志颇高，因此所受打击就显得尤为沉重。在这篇自传中，传主以五斗先生自命，给世人描绘了一幅醉生梦死的人生图景。阅读这篇自传能够知晓传主常饮酒忘世，且若有邀请去饮酒的人，则不论贵贱，传主都会欣然前往；但传主其他的人生内容却无从了解。尽管如此，"万物不能萦心"的自慰和"不知天下之有仁义厚薄"的悲叹使传主强烈的沉沦情绪与遍体鳞伤的痛楚尽皆呼出，这显然是"遗貌取神，离形得似"笔法的精彩运用。值得注意的是，这一笔法经常被运用于此类传记，甚至在某种意义上说，这一笔法是此类传记中传主形象神采飞扬的重要保障。

第二类，全篇抒情为主，人物事迹如背景音乐般插入其间。这类传记以抒情为核心，只以寥寥几笔简单勾勒传主生平概貌，并且这番勾勒大多是出于为抒情做铺垫的目的。现以元结的自传《自释书》为例试加分析。元结是唐朝知名的文学家，也是一位耿直有才干的政治家。原本隐居的元结在安史之乱发生后毅然担任地方军政要职，战功卓著且做了不少利国利民之事。然而，代宗即位不久，元结便悄然隐退，并作了这篇自传。在这篇自传中，元结开首以十分简短的语句介绍了自己的身世："河南元氏，望也。结，元子名也；次山，结字也。世业载国史，世系在家牒。少居商余山，著《元子》十篇，故以元子为称。"该传余后文字均用来坦露个人胸襟。他宣称自己是漫浪之人，从此不再过问俗事："能带笭箵者，全独而保生，能学聱牙者，保宗而全家。聱也如此，漫乎非邪？"当时，宦官李辅国专权跋扈，朝政黑暗，元结以乖忤当世的"聱者"自况，显然对时事颇为不满。这正如朱熹评陶渊明所言："隐者多是带性负气之人为之，陶（指陶渊明）欲有为而不能者也。"（《朱子语类》卷一百四十）透过此种貌似老庄的出世姿态，仍能依稀察觉传主那颗并不太平静的心。两年后，元结又走上了兼济天下的道路。据上可知，这篇自传的创作旨要是表达传主厌弃世俗、茕茕孑立的思想，而对这种思想的传达，元结不是借助于叙述事件而是直抒胸臆，由此可见抒情在古代自传中所起的作用与所居的地位。这种侧重抒情的传记在古代自传中占有相当的比重。

第三类，抒情与叙事相互掺杂，各领风骚，但抒情的创作意向依然十分显著。这种自传也为数不少，例如清代文学家王拯的《须砧课诵图序》。这是一篇王拯为自己亲手所绘的《须砧课诵图》写的序言。当时王拯已中进士，在京为官。在这篇序言中，他回忆了孤苦伶仃的童年时代，尤其是当时长姐对他的苦心教诲，序言反映了王拯的一段人生经历，因此也可视为一篇自传。王拯在文中既有对幼年丧母，长姐陪其苦读之状的叙写，"或夜读倦，稍逐于嬉游，姊必涕泣告以母氏劬劳瘁死之状，且曰：'汝今弗勉学，母氏地下戚矣！'拯哀惧，泣告姊，后无复为此言"；也有往昔内心情感的表露，"日惴惴于悲思忧戚之中，不敢稍自放逸"；更有"今日"悠悠思绪的流淌，"自二十后出门，行身居业，日即荒怠，念姊氏教不可忘，故为图以自警，冀使其身依然日读姊氏之侧，庶免其堕弃之日深，而终于无所成也"，读来让人感到几许暖意与苦涩。不可否认，细节描写的成功是这篇自传打动人心的一个重要因素，而传主内心情感的质朴流露则是这篇自传寓意深长、耐人寻味的关键所在，也是使传主形象血肉丰满的不可或缺的条件。这类自传的抒情一般都融入叙事之中，即事抒情，有感而发，"现场感"强，易打动人。

自然，在津津乐道地指出自传中的抒情篇章时，也不能无视古代自传中以叙事为主甚至通篇叙事的作品的存在，但这些作品为数甚少，且缺乏"燃烧着的生命的神秘之火"[①]，很难想象其中会有佳作可觅。于是，一个问题摆在研究者面前，古代自传在写作手法上为何会与史传有如此大的差别，换言之，古人为何在自传创作时会大量运用抒情手法呢？本书认为，是作家强烈的个性张扬的欲望从根本上促成了这一文学现象的产生。

---

① 日本批评家浜田正秀认为，文学创作不过是"用语言来表现在现实的贫困面前所燃烧着的生命的神秘之火及其燃烧变化过程的艺术"。转引自宋耀良《艺术家生命向力》，上海社会科学院出版社1988年版，第21页。

"身非史官，不可为人作传"的观点在中国古代曾长期存在，清代学者顾炎武就曾从"传"字的起源角度阐释过这一论点："列传之名始于太史公，盖史体也。不当作史之职，无为人立传者，故有碑、有志、有状、而无传。……自宋以后，乃有为人立传者，侵史官之职矣。"（《日知录》卷十九）在清人眼中，身非史官却为人立传依然是"侵权"行为。然而，我国古代仍有很多虽"身非史官"却异常钟情于自传创作的人（他们不惜或隐姓名以别号行文，或在开首故作一段扑朔迷离的身世介绍，或寓回顾人生于书序之中），且有些人一生会写多篇自传，这种逾越常规的行为本身就已昭示出自传作者棱角分明的个性。必须指出的是，古代叙事文类的范式是历史叙事，一般为史官所擅长；且古代叙事作为文类概念开始受到承认一直要追溯到南宋，[①] 因而叙事之难为古人所公认。清代金圣叹就曾说："《史记》是以文运事，《水浒》是因文生事。以文运事，是先有事生成如此如此，却要算计出一篇文字来，虽是史公高才，也毕竟是吃苦事。因文生事即不然，只是顺着笔法去，削高补低都由我。"（金圣叹《读第五才子书法》）同代章学诚也指出："盖文辞以叙事为难，今古人才，骋其学力所至，辞命议论，恢恢有余，至于叙事，汲汲形其不足，以是为最难也。"（章学诚《章氏遗书补遗·上朱大司马论文》）叙事的"先天"不足加之中国作为泱泱诗国对抒情表意的得心应手，于是，那些对人生有独到感悟又不吐不快的古人，便转而求助于抒情手法以便在自传中"独抒性灵"。与叙事相比，抒情显然更易于快捷地传达作者的人生态度和价值取向，彰显其内心深处的情感意念；而集自传作者与传主于一身的文体品性又使得作者跨越了揣摩、遥想"文本人物"心态思想的重重障壁，可以毫无阻碍地宣抒传主幽隐的情感，表现传主独特的个性风貌。同时，虽然自传作者大多具有追求个性舒展反对捆缚拘谨的人格意向，但不同时代、不同个性、不同文风

---

① 南宋真德秀编选《文章正宗》专列"叙事"文类："其体本乎古，其指近乎经者，然后取焉，否则辞虽工亦不录。其目凡四：曰辞命、曰议论、曰叙事、曰诗赋，今凡二十余卷云。"明代王维桢《史记评钞》说："文章之体有二，序事议论，各不相涉，盖人人能言矣。然此乃宋人创为之，宋真德秀读古人之文，自列所见，歧为二途。"转引自《史记评林》卷首，明万历四年（1576）刻本。

的自传作者对个性的追求会有差异，对抒情手法的运用会有区别，也就是说时代背景、个性特点、行文风格等因素都会在不同程度上制约自传作者的抒情篇幅和抒情方法。一般而言，魏晋南北朝、明朝时期的自传作者受当时个性解放旗帜的引导，更为强调个体意识，更会热衷于建构主体独立人格，在自传创作时也更擅于炽烈地表白自我的心理活动，袒露真情，如陶渊明、朱元璋、徐渭、张岱、李贽、汤显祖等人。明代最有影响力的剧作家汤显祖受晚明思想界"两大教主"——李贽和释达观反对程朱理学、提倡个性解放的思想的熏陶，行为时时越过封建礼教的藩篱，所谓"某少有伉壮不阿之气，为秀才业所消，复为屡上春官所消，然终不能消此真气"（《答余中宇先生》）；对人性在社会陈规的抑制下趋于猥琐僵死的状态至为厌恶，"士有志于千秋，宁为狂狷，毋为乡愿"（《合奇序》）。他主张文学要伸张情的价值而反对以理格情，创作了"家传户晓，几令《西厢》减价"（沈德符《顾曲杂言》）的《牡丹亭》。汤显祖这种个性在其自传性书序《艳异编序》中通过一段简短的抒情文字得到了畅意的显露："不佞懒如嵇，狂如阮，慢如长卿，迂如元稹，一世不可余，余亦不可一世。"汤显祖自称既懒又狂，既慢又迂，以自负自傲"不可一世"的人生姿态孑立于人世，这是作者的自我审视和自我定位，其形象在此升腾为一股火烫激情灼烧着世人的心。

　　冈布里奇说："研究艺术史必须更密切地与对人的研究相结合从而使之得到丰富，否则这种艺术史将变得苍白。"[1] 厨川白村更进一步指出："使从生命的根底发出来的个性的力量，如间歇泉的喷出，在人生唯艺术活动而已。正如新春一到，草木萌动，禽鸟嘤唱似的，被不可抑止的内部生命（inner life）的力所逼迫，作自由的自在表现。"[2] 这种从生命的根底喷涌而出的个性力量就是艺术家进行创作的原态生命活力，它直接催化了艺术的诞生；古代自传正是作家追求这一个性的产物，[3] 具体落

---

[1] 转引自陶东风《文体演变及其文化意味》，云南人民出版社1994年版，第123页。
[2] 转引自虞君质《艺术概论》，（台北）大中国图书公司1964年版，第30页。
[3] 本书之所以强调个性与抒情的关系，在某种意义上说，正是鉴于史官修书导致史传抒情匮乏这一事实。显然，上层意志与集体创作消解了史传文学的个性，而司马迁"藏之名山"的《史记》之所以成为古代史传的绝唱，正是其异常突兀的个性烙印所致。

实到作品上就是对抒情手法的偏爱。

二　中国古代自传文学的抒情手法

个性情愫在古代自传中的溶漾回旋，在使文本呈现出一片情浓意蜜的旖旎风光的同时，也宣告了自传文学是以"话语"语言（discourse）而非"历史"语言为主体来叙述自我生平的文本，即自传文学在追求真实的同时，使用的是叙述者介入的"话语叙述"①。而话语是一种社会交往形式。也就是说，话语在动态的交流过程中带着社会的、历史的和文化的特征，因而话语的支配者——叙述者必将以其自身的特点折射出社会、历史与文化的多重景观。而中国文学"文以载道"的传统则强化了这一多重景观的文本痕迹，具体表现在古代自传中，就是叙事观念受社会伦理道德意识的钳制和规范。

作为人学的文学始终面对着丰富幽邃的伦理精神世界；人的伦理意识又是随历史社会条件的改变而不断演进和嬗变的，因此文学作品所蕴含的道德观念都有时代的烙印。但不论时代如何变迁，中国古代的作家均未能完全跳出封建伦理之阈。所谓的封建伦理之阈是指一直雄霸学术论坛统治地位的儒家道德伦理意识，它是两千多年来中国文人难以跨过的"坎"，自传作家也不例外。

古代文学的封建伦理特征主要体现在人与人之间的道德关系上，即君臣、父子、夫妇、兄弟、朋友五种人伦关系。这五种人伦关系维系着漫长的中国封建社会秩序，构成了中国古代治国忠君的政治伦理和以血缘、夫妇为核心的家庭伦理。②而从古代自传的文本来看，作者受传统伦理意识的羁绊主要表现在自传重视家族历史、学术创作、个人政绩的介绍回顾而忽视情爱生活的写真上。

---

① 与"话语叙述"对应的"历史叙述"是指排除所有自传式语言形式的叙述，它不说你、我和现在。参见王成军、王炎《文本·文化·文学——论自传文学》，《国外文学》1997年第2期。

② 参见乔山《文艺伦理学初探》，高等教育出版社1997年版。

（一）天经地义之孝——追述家世的风俗

建立于血缘基础之上的儒家伦理视政治社会的组织为扩大了的人伦关系，其中，"家"是最重要最基本的一环，"国"与"天下"也都以"家"为范本。因此，立基于血缘亲情的道德情感——"孝"，成为德行根本教化的开始。"夫孝，天之经也，地之义也，民之行也""罪莫大于不孝""夫孝，三皇五帝之本务而万事之纲纪也"等论述盛行于整个封建社会时期，深入世人的骨髓。而"孝"本身也是有着不同的层次要求的："身体发肤，受之父母，不敢毁伤，孝之始也；立身行道，扬名于后世，以显父母，孝之终也。夫孝，始于事亲，中于事君，终于立身。"（《孝经》）"孝"的最基本要求是"不敢毁伤"身体发肤，然后是"事亲"。"事亲"也有不同要求：最低要求是奉养双亲，但仅仅奉养是不够的，还要"敬"，即尊敬、恭敬，这就要做到"子为父隐"；最高要求是在事君、行道中"扬名于后世，以显父母"，得以立身。并且，"孝"不局限于低层次的家庭归属，建立于宗法血缘根基上的中国社会从中推导出一套社会团体认同的规范观念，"亲亲故尊祖，尊祖故敬宗，敬宗故收族"（《礼记·大传》），从而将对父母的"孝"推广到对祖父辈、对宗族的敬重。而古代自传叙事之时所表现出的对列祖列宗的顶礼膜拜、尊崇备至，就形象地说明了作者饱经"孝"的洗礼。

自司马迁在自传中借其父之口开记载家族历史之风气后，后世之人写作自传时也每每不忘在篇首回顾一下其出身门第、历代先祖业绩，可谓"光宗耀祖"。如清代王韬在自传《弢园老民自传》中对世系家族的详尽介绍。

> 本出昆山王氏，有明时巨族也。族中多有位于朝。明末兵事起，吾家阖门殉国难。始祖必宽，甫在垂髫，逸出存一线。自此至晋侯、诒孙、载飓，居昆凡四世，并读书习儒业，有声庠序间。载飓讳鹏翀，品端学博，尤为士林所推重。以早世，子尚幼，咸串中有觊觎者，乃迁甫里。大父讳科进，字敬斋。习端木术，笃厚慎默，见义

勇赴，乡里称善人。父讳昌桂，字肯堂，一字云亭；著籍学官，邃于经学。九岁尽十三经，背诵如流，有神童之誉。家贫，刻苦自励，教授生徒，足迹不入城市。

王韬从前朝显赫巨族为国殉难的悲壮着笔，一直谈到祖父辈品学兼优、甘于寂寞的生平事迹，为世人谱写了一曲爱"家"主义赞歌。古人认为，"凡祖者，创业传世之所自来也。宗者，德高而可尊，其庙不迁也。……祖者，祖有功；宗者，宗有德。其庙世世不毁也"（《礼记·祭法》注引赵氏匡语），"祖宗"被奉为不可侵犯的英雄和不可玷污的神灵。因此，秉守孝规的自传对祖辈的撰写普遍如《弢园老民自传》一般以歌功颂德为能事，而忌讳暴露先代不光彩的一面，这一叙事观念得到了整个封建社会的首肯和支持。唐代刘知幾在《史通·曲笔第二十五》中对此有明确论述："肇有人伦，是称家国。父父、子子、君君、臣臣，亲疏既辨，等差有别。盖'子为父隐，直在其中'，《论语》之顺也；略外别内，掩恶扬善，《春秋》之义也。自兹已降，率由旧章。史氏有事涉君亲，必言多隐讳。虽直道不足，而名教存焉。"显然，"为圣者、贤者、长者讳"是自古有之，不可不循之礼；道德伦理在封建社会要大大重于历史的真实，历史必须毫无怨言地服从伦理意识的管制。正是因为如此，当王充竟敢在《论衡·自纪》中如实记录其曾祖父和祖父"横道杀人""勇势凌人"的恶劣行径时，就很自然地遭到刘知幾严词呵斥："自叙而言家世，固当以扬名显亲为主，苟无其人，阙之可也。至若盛矜于己，而厚辱其先，此何异证父攘羊，学子名母？必责以名教，实三千之罪人也。"（《史通·序传》）在此，"曲笔"毫无顾忌地替代了"直笔"；"扬名显亲"四个字则概括了追述家世的行文准则和叙事目的。

也正是由于"孝"的观念的膨胀和"曲笔"行文的"怂恿"，古代自传中出现了虚构出身门第的现象。唐代刘禹锡在《子刘子自传》中声称自己是汉代中山靖王刘胜之后，且不惜笔墨详述从七世祖到父辈的官爵，但后世学者对其出身却多有怀疑。吴汝煜在《刘禹锡传论》中就认为刘禹锡在《口兵戒》中又称自己的"远祖"为刘向，这与其自传有冲突,可见刘禹锡是企图抬高门第才说自己是帝王之后。由此可见,以"孝"为核心的家庭伦理意识极大地左右着古人的自传创作,桎梏着作者的叙事观念。

(二) 顺理成章之忠孝

1. 载录政绩的习性

如上文所述,衡量孝的最高标准是"扬名于后世,以显父母";对父母的"孝"可引申出对先祖、宗族的敬意。此处还须指出的是,借助于对先祖、宗族的恭敬,古代伦理又引申出国家社稷的可敬性:"收族故宗庙严,宗庙严故重社稷,重社稷故爱百姓。"(《礼记·大传》)也就是说,由"尊亲"走向"隆君师"之路,从而使"孝"道变为"忠"道,并互为补充。因此,传统意义上的"忠"是以"孝"这一生存伦理为基础的特定的社会伦理规范。①"孝"与"忠"的这种互补状态使得人们将"扬名于后世"的愿望和忠君爱国的思想相结合,希冀能忠孝两全。于是,建立在"内圣"基础上的"外王"成为人们实现这一"两全"的理想途径。

所谓"内圣",是指主体的内在修养;所谓"外王",是指把主体内在的修养所得,推广于社会。《大学》中的"八目",其格物、致知、诚意、正心、修身,可谓"内圣";齐家、治国、平天下,即为"外王"。内圣与外王密不可分。②而在外王事业中,最让历代文人心驰神往的是辅佐君王建功立业。这一思想对自传作者的影响则体现在自传文本中作者对政绩叙而不倦的忘情之举。

古代自传倾心于政绩的叙述主要表现在两个方面:其一,作者在自传中常常不厌其烦地罗列自己一生所有担任过的职务和获得过的爵位;其二,作者每每会用较长的篇幅对自己在任期间颇为得意的政治举动加以细致描写。现以南朝文学家江淹的《自序传》为例稍加分析。这篇

---

① 任剑涛:《从自在到自觉——中国国民性探讨》,陕西人民出版社1992年版,第145页。
② 李明华:《时代演进与价值选择——中国价值观探讨》,陕西人民出版社1992年版,第109页。

《自序传》是江淹生前自编文集时写的序言，《江文通集汇注》本称"自序"，但《艺文类聚》卷五十五所引和清乾隆年间梁宾的江淹文集刻印本皆题作《自序传》。从文章的内容看，只一句"自少及长，未尝著书，惟集十卷，谓如此足矣"是涉及江淹所编的诗文集，其余文字均是身世介绍，因此确实是一篇自传。在这篇自传中，江淹详细书写了自己从二十岁踏上仕途至作传之时（该文写于作者三十九岁前后）的任职情况。他最初在刘宋皇族始安王刘子真、新安王刘子鸾、建平王刘景素幕府任从事、主簿、郡丞之类的小官，后受同僚排挤，被刘景素贬至福建任吴兴县令。三年后，刘景素战败，萧道成掌权，江淹又被召至京城，任尚书驾部郎、骠骑竟陵公参军事、骠骑豫章王记室参军事、东武县令，不久，升迁为正员散骑侍郎、中书侍郎。通过自传，江淹把不足二十年的仕途生涯系统地梳理了一番。与此同时，他还着重记述了自己与萧道成关于对付沈攸之的策略的谈话。江淹分析形势，认为萧道成有五个有利条件，沈攸之有五个不利因素，并据此断言沈败萧胜——后来事实证明江淹的判断是正确的。这番形势分析想来应是江淹颇为自得之论，因此他才在自传中全文载录。毫无疑问，江淹对自己的政治遭遇是比较在意的——虽然他在自传中也有"人生当适性为乐，安能精意苦力"之叹——否则怎么解释上文所提到的他鲜明的创作倾向呢？且据史料记载，江淹一生历仕宋、齐、梁三朝，官至金紫光禄大夫，封醴陵侯。他晚年安于高官厚俸，才思衰退，人谓"江郎才尽"。由此可推知，江淹"忠君报国"的思想是十分浓厚的；而这种思想也较为醒目地通过自传传达给了世人。古代自传对书写政绩的一腔深情同样可以在三国时期蜀国丞相诸葛亮的《前出师表》、金代元好问的《南冠录引》等自传中强烈地感受到。

2. 书写学业的传统

在作为忠孝两全伦理意识产物的外王事业中，著书传名也是自古文人所极力追求的目标。《左传·襄公二十四年》中"太上有立德，其次有立功，其次有立言，虽久不废，此之谓不朽"的论述，指出了言辞文章与人的德行和功业一样具有传世不朽的功效。而曹丕的《典论·论文》则更进一步肯定文学的价值："盖文章，经国之大业，不朽之盛事。年寿有时而尽，荣乐止乎其身，二者必至之常期，未若文章之无穷。是以古之作者，寄身于翰墨，见意于篇籍，不假良史之辞，不托飞驰之势，而声名自传于后。"这是古代首次将文学提到了与事功并立的崇高地位，并指出文学的传世功能，认为人们可以借助于文章流芳百世。这一论述在中国有着极为深远的影响。①

古代自传创作本身就已蕴含作者希望"青史留名"的心理，因而自传作者对著述的重视是不言而喻的，其在自传中叙述学业的热情达到令人叹为观止的地步。但凡自传中有描写童年的片段，那么读书几乎是不可替代的内容，从汉代第一篇自传《太史公自序》到清末改良主义领袖梁启超的《三十自述》都是如此；而读书的心得、创作的体验、成果的展示在自传中更是比比皆是：位尊如曹丕，癫狂如徐渭，怪异如郑燮，都不忘在回顾生平时展示其文学的天赋。以郑燮的自传《板桥自叙》为例。俗称"扬州八怪"之一的郑燮是清代著名的书画家，以"诗、书、画"三绝和铮铮傲骨的鲜明个性闻名于世。这篇自传是他五十八岁时写的。他在自传中用了绝大部分的篇幅叙述文学创作的经历而只字未提书法和绘画。其中，有细节描写，"板桥每读一书，必千百遍。舟中、马上、被底，或当食忘匕箸，或对客不听其语，并自忘其所语，皆记书默诵也。书有弗记者乎"；有概述文字，"平生不治经学，爱读史书以及诗文词集，传奇说簿之类，靡不览究"；也有心得体会，"求精求当，当则粗者皆精，不当则精者皆粗。思之，思之，鬼神通之"。郑燮从各个角度畅谈他的治学之道、文学追求，可见他对学术创作的沉醉和重视。

自然，古代自传叙事之所以于读书创作用力尤勤缘由很多，如传主几乎清一色的读书人身份、期望世人了解自己的才华以便进入仕途等，但也必须承认"孝"的伦理意识在其中所起的引导作用。

---

① 王镇远：《中国古典文学中的传世观念》，《文学遗产》1987年第5期。

（四）夫妇有别之道——"空白"的情爱画廊

朱自清在《中国新文学大系·诗集》的导言中说："中国缺少情诗，有的只是'忆内''寄内'或曲喻隐指之作，坦率的告白恋爱者绝少，为爱情而歌咏爱情的没有。"如以朱自清评价情诗的标准去衡量古代自传，我们会发现在古代自传中不仅"坦率的告白恋爱者绝少，为爱情而歌咏爱情的没有"，而且"曲喻隐指之作"、"忆内""寄内"之作也是寥若晨星。

司马相如《自叙》的失传为解答古代自传情爱苍白之谜提供了极为重要的线索。西汉司马相如凭借汉赋的创作在文学史上占有一席之地，其《子虚》《上林》二赋确立了汉代大赋的体制，对后代大赋的创作起着规范性的作用。同时，"相如窃文君"这段逸事也因司马迁的生花妙笔而广为文人传道，《自叙》对这一才子佳人的爱情剧作了如实记录。但异常可惜的是，这篇自传到唐代就已失传，其中原委现已不得而知。但通过唐代史学理论家刘知幾的一番评论可以推知一二："相如《自叙》，乃记其客游临邛，窃妻卓氏，以《春秋》所讳，持为美谈。虽事或非虚，而理无可取，载之于传，不其愧乎！"（《史通·序传第三十二》）很明显，司马相如的风流言行是有违儒家"男女授受不亲""克己复礼"的伦理道德的。《自叙》与儒家传统的隐讳文化相矛盾，必然招致正统文化的排斥，从这一角度看，它的失传就不足为怪了。

古代自传中唯一描写男女之情的传记是清代沈复的《浮生六记·闺房记乐》，此传堪称中国自传文学史上的一朵奇葩。作者以极为细腻的笔触展现夫妇之间的款款深情，现载录一段如下：

> 鸿案相庄廿有三年，年愈久而情愈密。家庭之内，或暗室相逢，窄途邂逅，必握手问曰："何处去？"私心忐忑，如恐旁人见之者。实则同行并坐，初犹避人，久则不以为意。芸或与人坐谈，见余至，必起立偏挪其身，余就而并焉。彼此皆不觉其所以然者。始以为惭，继成不期然而然。独怪老年夫妇相视如仇者，不知何意。或曰："非

如是，焉得白头偕老哉！"斯言诚然欤？

结婚二十三年依然关切如昔。对面相逢必定要握手问候；同行并坐也不忌讳有无外人。如此情意绵绵在日常生活中已有违"夫为妻纲"的家庭伦理，沈复竟还敢付诸文字，其胆魄不可谓不惊人。但正如陈寅恪所指出的："吾国文学，自来以礼法顾忌之故，不敢多言男女关系，而于正式男女关系如夫妇者，尤少涉及。盖闺房燕昵之情意，家庭米盐之琐屑，大抵不列载于篇章，惟以笼统之词，概括言之而已。此后来沈三白《浮生六记》之闺房记乐，所以为例外创作，然其时代已距今较近矣。"① 毕竟，情爱内容见于古代自传的仅此一篇而已，且成文时间已是19世纪，距离封建社会的崩溃为时不远。因此，依然可以认为古代自传于情爱的描写是极为匮乏的，而封建伦理意识的束缚是主要原因所在。

中国现代传记文学的提倡者胡适在审视"传记"的功能时指出："传记写所传写的人最要能写出他的实在身份，实在神情，实在口吻，要使读者如见其人，要使读者感觉真可以尚友其人。但中国的死文字却不能担负这种传神写生的工作。"② 这一论述实在有失公允。中国古代优秀传记的短缺是一个事实，可是，中国的文字并不"死"——沈复的自传就是一个很好的例子，可见文字是否"死"的关键是操作这一文字的人的思想是否"死"。法国传记家莫洛亚曾说过："小说家也罢，传记家也罢，骨子里是个伦理家。"③ 的确，传记与社会伦理道德之间有着密切的关系，作者的伦理尺度在很大程度上影响着他对传主的选择和形象塑造。因而，如何把握传记的个性、艺术、真实与社会伦理意识之间的关系成为决定传记创作成败的重要因素。④ 显然古代自传对此的把握有着一定的不足，即整体缺乏情爱观照和个别作品艺术真实屈服于社会伦理意识。

---

① 陈寅恪：《元白诗笺证稿》，商务印书馆2017年版，第103页。
② 胡适：《〈南通张季直先生传记〉序》，耿云志、李国彤编《胡适传记作品全编》第四卷，东方出版中心2002年版，第203页。
③ 罗新璋选编《莫洛亚研究》，漓江出版社1988年版，第439页。
④ 英国传记文学理论家尼科尔森认为："个性、艺术、真实是传记文学的三要素。"《现代英国传记》，刘可译，(台)《传记文学》1985年第3期。

但如果考虑到整个封建社会上层意志的极性辐射、强权政治的始终存在，以及把文艺视为政治伦理道德附庸的儒家文论一直是中国古典文论的强音和主调等历史内幕，那么对这一现象就会以较为宽容的态度去理解和接受。

三　中国古代自传文学中的仕与隐

如果说，古代自传的抒情手法与叙事观念是以较为隐晦的方式传达自传作者于独立人格不甘放弃，而于社会伦理又无力挣脱的生命境遇的话，那么自传作品的内容则是在"欲说还休"的一唱三叹之中展现作者既想追求个性又想得到社会认同的心态，即作者沉陷于仕与隐两难困境的生命景观。

"所谓仕，是指某种积极入世的人生态度，以宦途来实现自己政治抱负；所谓隐，意味某种消极避退的人生观，拒绝走入仕的道路，而是洁身自好而独善其身。"① 两者各有其形成的文化传统和哲学思想。具体而言，儒家"学而优则仕"（《论语·子张》）、"士之失位也，犹诸侯之失国家也"（《孟子·滕文公下》）的入世哲学为士人跻身庙堂提供了强有力的理论依据。因此，"'独尊儒术'对士人的第一个冲击波便是'官'场的诱惑。从此，士人阶层把追求儒学知识和谋求当官直接合二为一，士和仕，士和大夫密不可分"②。但儒家入世是有前提条件的，即做官是为了推行"道"——"君子谋道不谋食""君子忧道不忧贫"（《论语·卫灵公》）。基于此，"穷则独善其身，达则兼善天下"（《孟子·尽心上》）的处世之道便被儒家推到了最前沿。与儒家"中庸"的处世观不同，道家则以全部心血呼吁、捍卫退居山林、洁身自好的处世心智，如老子出关和庄子抗命丘园、肆志濠濮的"现身说法"。因此，儒家思想与道家思想分别成为仕与隐的理论基石。而中国文化主流中儒道精神的对立和互补则促成了古代文人仕与隐的两难困境：既有辅佐君王富国兴邦的自觉角色意识，又想追求"非梧桐不止，非练食不食，非

---

① 周宪：《屈原与中国文人的悲剧性》，《文学遗产》1996 年第 5 期。
② 延涛、林声：《中国古代的"士"》，河南人民出版社 1992 年版，第 67 页。

醴泉不饮"(《庄子·秋水》)的高洁人格。

中国传统文人几乎毫无例外地面临仕与隐的人生抉择。这不仅正史可查而且诗词有证；但前者是后世之人旁证推理所成，后者是简洁含蓄的自我告白。如以真实和详备的尺度衡量，自传对此的揭示应是最令人满意的。在自传中，能在仕与隐中做出十分坚定选择的传主可谓寥寥无几，陶渊明是一个特例。他由于"将自食其力的精神注入自然意趣"之中而被人誉为"儒、道两家哲学精神完美结合的典范，"[①] 后世凡厌弃尘世向往闲适自在又无法完全超脱的士大夫文人便纷纷模仿其《五柳先生传》的行文风格作传，以期能得"五柳先生"之遗风。在大多数传主身上，仕与隐的冲突是始终存在的，只是有的传主隐藏得较为成功，而有的传主则敞开心扉直抒胸臆。在此，本书试图通过对自传的个案分析来深入体察古人在仕与隐的冲突中表现出的丰富内心世界。

《石羊生小传》是明代文学家胡应麟的自传。该传通过对传主三十岁之前读书应试、与名人交往、退隐著书等人生经历生动而细致的撰写，塑造了一个"不事王侯，高尚其志"的"标准"隐士形象。之所以说其"标准"，是因为经过作者在自传中的全方位包装，传主"超然物外"的隐士型人格形象异常显著。自传一开篇，作者就将传主定位为一位受家乡道家传说影响而颇具隐士气质的人物，试看其对传主的描写：出生于被道教书籍称为"三十六洞天"的金华山，神仙黄初平曾在这里牧羊；喜欢道教的"长生轻举术"；"不习当世务而游方之外"；当有人称他为"牧羊儿"时异常高兴，并自取号为"石羊生"。在此定位的基础上，作者又专列一段文字描述传主不同寻常的外貌特征、生活方式、喜恶爱憎以显示其"不拘于俗"逍遥抱一的隐士风范。

> 生疏眉秀目长身，望之瞳然野鹤姿。长经月不梳栉，科头松下。夏则袒裼裸裎，蒸沉水，据槁梧，翛然莫窥其际。隆冬盛寒，于雪中戴席帽，着高足屐，行危峰绝壑，折梅花满把咽之。当其为诗歌，冥搜极索，抉肾呕心，宇宙都忘，耳目咸废，片词之合，神王色飞，

[①] 韩经太：《心灵现实的艺术透视》，现代出版社1990年版，第164、163页。

手舞足蹈，了不自禁。以故，人相率曰狂生。至性孤峭寡谐，慕雅士若渴，恶俗子若热。又相率病生狷。惟生亦莫能自名，姑随俗牛马应而已。

从这段文字看，传主眉毛稀疏、眼睛秀丽、身材瘦长，颇有道风仙骨之状。但行为怪异不合常理：整月不梳头，不戴帽子坐在松树底下；严冬时节，冒着大雪穿着高跟木屐行走在高山深沟中，采折梅花然后满把地吞咽……这些率性而为、近乎荒诞的举止在寻常人看来是很不可思议的，但作者对此似乎非常欣赏且还有着几分得意。为什么会这样呢？探本溯源，可以发现这是作者以道家超世离群、凌驾天地的人格理想作为人生追求的表现。庄子说："至人神矣！大泽焚而不能热，河汉冱而不能寒，疾雷破山飘风振海而不能惊。"（《庄子·齐物论》）庄子认为，"至人"是不畏酷暑严寒、不惊风雷狂涛的，作者显然也以此来要求自己——"隆冬盛寒，于雪中戴席帽，着高足屐，行危峰绝壑，折梅花满把咽之"，希望自己能具有"至人"的人格理想。并且，庄子强调人的情性应自然天放，应用真心来反抗礼义世俗的禁锢："礼者，世俗之所为也；真者，所以受于天也，自然不可易也。故圣人法天贵真，不拘于俗。"（《庄子·渔父》）作者受此影响也任真自得，喜恶发之于心而表之于态，将别人的评议视为牛马之唤，毫不在意。通过这一段论述，传主放达不羁的个性和仰慕老庄哲学中"至人""真人""圣人"的隐士心态得到了较为充分的显露。

与超脱于世俗的隐士人格相悖的是，传主曾有过多次参加科举考试的人生经历。对此，作者自释为：

生始愿从赤松兄弟牧羊穷谷间，中屈意当路恒匆匆。每摄衣冠，则揽镜自笑："是楚人猴而沐者。"然用二尊人故，未敢遽绝去。

作者自称原本只想跟从黄初平在穷山谷里牧羊，并不想进入喧嚣尘世，只是大官们长久殷切地期望自己能来到他们中间，父母也希望自己能出人头地，而自己又不忍让他们失望，因此勉强停留于俗世，不敢立即离去。但这种生活是有违心志的，他羡慕的是汉代隐士尚子平纵情山水的生存形态，"又少慕尚子平为人，而禀赋孱弱，乏济胜具，因绘图斋壁，缀诗其上，曰'卧游室'以自遣"，因而他在自传末尾表示自己将退隐山林。

> 旦夕将从赤松兄弟采药金华石室间，呼吸灵和，永绝世缘，参乎大业，游乎混元，斯生所夙负然哉。

姑且不论作者的这番解释是否合乎情理、是否能让人信服，但经过上文论述，有一件事是十分肯定的，即自传反复渲染传主人格的高洁和对尘世的厌倦是为了说明传主对隐居的向往是始终如一的——内心从不曾有过进入仕途的愿望，更不曾有仕与隐的矛盾冲突和不曾做官的失落苦闷。那么，传主是否真的如此呢？研读文本，笔者却发现了一些与此不太相符的"蛛丝马迹"。现罗列如下：

（1）传主以能与官场要人结交为荣。传主十六岁首次离家去各处求学游玩时，在京城见到了许多为世人所推崇的学术界"巨子"，并受到他们的一致赞誉。对此段人生经历作者加以细致陈述，并于最后写道："由是生歌诗颇传播长安中，诸长安贵人往往愿交生。"从此叙述口吻中不难觉察出作者是以能得到"贵人"的赏识、能与他们交往为荣的。传主为什么会有认识官场"贵人"并得到他们的赞许的深层心理需要呢？答案是很明显的，是希望替自己找到进身之阶。

（2）对于三次在礼部进士考试中的失败，作者只以一句"若欲以万钟不朽我乎"的反诘来表明自己对落第的毫不介意和不愿为做官而放弃做人原则的高远志趣。但作者真的如此超脱于功名而淡泊于俗世吗？其实不然，在叙述自己考试败北之前，作者详尽书写了各种名人对自己诗作的赞赏。如张中丞与自己的"倾盖如故"，汪道昆、戚继光、王世贞等人的大力称许、为己作序等。作者并由此而感叹道：

>生以一年少翩翩，盛集诸君子，咸国士属之，人人意得也。生结发从事词场，于当世名文章士，仅吴明卿未识面目；余鸿硕俊髦，交游莫逆遍海内，然于时尚益枘凿。

在作者看来，大家都是把他当作才能出众的人看待的，遍布全国各地的朋友都愿与他交往且都很称赞他的才华禀性；但当时的社会风气却始终非他所推崇。作者此番长文铺垫的弦外之音非常清晰，他是由于不合世俗陋习，不愿同流合污才没有高中，而不是缺乏才华。作者如此不惜篇幅地暗示，这一行为本身就已透露出他于科举仕途的不能忘怀。

（3）作者认为刘孝标、骆宾王才高志大却得不到当时统治者的重用，不被世人接受是非常不公平的，这显然是有感于自己的怀才不遇而借题发挥，其写作意图不可谓不明显。

（4）传主对扬名后世的重视有违隐士忘情世俗的人格特质。胡应麟曾告诉王世贞，"幸及吾之身而传我，使我有后世，后世有我也"，在自传的结尾处胡应麟也说："惟是生平历履大都不亡足述者，惧久益泯泯，因稍掇拾为《石羊生小传》以自考焉。"由此可见，胡应麟对红尘有着一份难言的依恋与伤感。

由以上所列实例可以推断出，在传主隐逸逍遥的身姿背后裹藏着一颗也会为仕途为出世之想而激烈跳动的心，仕与隐的抉择同样曾让他痛苦和彷徨。

钱穆指出："中国的读书人，无有不乐于从政的。做官便譬如他底宗教。因为做官可以造福人群，可以发展他的抱负与理想，只有做官，最可造福人群。"[①] 刘小枫也认为："受儒学精神熏陶的士（知识分子）都有君子意志的自足和广大感，参天立地，居天下之广居。"[②] 可见，中国传统文人身上有着与生俱来的大济苍生的人格意向，孟子就有"欲平治天下，当今之世，舍我其谁"（《孟子·公孙丑下》）的震世之语。如自传所述，胡应麟是读着儒家经典长大的，他自然也会有"天将降大任于

[①] 钱穆：《中国文化史导论》，正中书局1948年版，第103页。
[②] 刘小枫：《拯救与逍遥》（修订本），上海三联书店2001年版，第87页。

是人"的远大抱负,希冀进入仕途,在宗法化的政治框架内实现救世济民的人生理想。但三次进士考试的失败令他备受打击,强烈的"不遇感"再加上社会风气的颓败和自身体弱多病,最终促使他追随漆园高风,选择了隐逸。所谓"天下有道则见,无道则隐",隐逸以实现"与道冥同"的"天地境界"也不失为一种良策。李泽厚曾指出,退隐"可以替代宗教来作为心灵创伤、生活苦难的某种慰安和抚慰。这也就是中国历代士大夫知识分子在巨大失败或不幸之后并不真正毁灭自己或走进宗教,而更多是保全生命、坚持节操却隐逸遁世以山水自娱、洁身自好的道理"①。尽管如此,从自传看,胡应麟并没有彻底忘怀"君王""天下",不平之气仍间或可感。对胡应麟来说,进亦难退亦难,在此两难境遇中唯一能使他调节内心矛盾冲突的就是著述。胡应麟一生创作甚为丰富,自传对此进行了极为详细的描述——列举了一大批其著作的书目。后世之人对他的创作也给予了肯定的评价:"应麟独能根柢群籍,发为文章,虽颇伤冗杂,而记诵淹博,实亦一时之翘楚矣。"(《四库全书提要》)但不论以什么方式来解决这个矛盾冲突,胡应麟仕与隐的困境是始终存在的,只是它以较为平和的形态存在着,且作者也刻意地加以消淡而已。

不可否认,胡应麟退隐著述的选择一定有些无奈与郁闷。但心志极高的他又不愿将这份酸楚抖落于他人面前,因而他的自传难免会留下一些"强做欢颜"的痕迹。与此相比,唐代大诗人白居易虽也面临仕与隐的两难抉择,但他在隐仕出处问题上所表现出来的高度心理技巧却是胡应麟不可比拟的,他的自传也因此多了一份闲适和自足。

白居易流传至今的自传性质的文章,主要是六十七岁时写的《醉吟先生传》和七十五岁时写的《醉吟先生墓志铭》。前篇着重描述自唐文宗太和三年(829),五十八岁的白居易借病东归,以太子宾客分司东都洛阳以来十年的半隐居生活;后篇则回顾总结其一生的历程,并预嘱后事。二者合一,可以较为清晰地了解并感悟传主的思想体系和价值取向。

白居易的一生对入世"救济人病,裨补时阙"和出世"隐居以求真

---

① 李泽厚:《中国古代思想史论》(新版),生活·读书·新知三联书店 2017 年版,第 200 页。

志"有着十分深入的思考。《醉吟先生墓志铭》如此回顾其一生：

> 前后历官二十任，食禄四十年。外以儒行修其身，中以释教治其心，旁以山水风月、歌诗琴酒乐其志。

白居易早年志在兼济，曾写过许多"为君、为臣、为民、为物、为事而作"的讽喻诗，干预现实；《旧唐书·白居易传》中对他"擢在翰林，身是谏官"期间屡次献疏言事、切谏涉朝之事也有着十分详尽的记叙。不料，不仅权贵不容，而且一般文人也攻击他沽名钓誉。于是，明哲保身取代了匡国济民之志——"当君白首同归日，是我青山独往时"；独善其身、诗酒自纵成为白居易生活的主要内容。《醉吟先生传》对此有着形象的描写：

> 性嗜酒，耽琴，淫诗。凡酒徒、琴侣、诗客，多与之游。……洛城内外六七十里间，凡观寺、丘墅有泉石花竹者，靡不游；人家有美酒、鸣琴者，靡不过；有图书、歌舞者，靡不观。……放情自娱，酕醄而后已。往往乘兴，屦及邻，杖于乡，骑游都邑，肩舁适野。舁中置一琴一枕，陶、谢诗数卷。舁杆左右悬双酒壶，寻水望山，率情便去。抱琴引酌，兴尽而返。如此者凡十年。

游山玩水，饮酒赏乐，赋诗下棋……，时光在"率情便去""兴尽而返"之中晃眼而过，这是白居易清闲的"中隐"洛阳的生活图景。所谓"中隐"就是既当无权的官又做隐士的事，白居易对此做过理论的阐释："大隐住朝市，小隐入丘樊。丘樊太冷落，朝市太嚣喧。不如作中隐，隐在留司官。……人生处一世，其道难两全。贱即苦冻馁，贵则多忧患。惟此中隐士，致身吉且安。穷通与丰约，正在四者间。"（《白居易集》卷二十二《中隐》）白居易认为"中隐"既可免冻馁之苦，又可醉心于自己所喜好的诗酒山水之中，是一种最佳的选择。他在《醉吟先生传》中就感叹道：

>吾生天地间，才与行不逮于古人远矣；而富于黔娄，寿于颜回，饱于伯夷，乐于荣启期，健于卫叔宝：幸甚幸甚！

古代文人志存高远，他们动辄以辅弼之臣自许，而当仕途蹭蹬之际，他们对穷达的观念往往会发生一个质的变化。退居洛阳的白居易认为自己虽才能逊于古人，但财富、寿命、温饱、快乐和健康都不比古人差，这也足够了。此时的白居易无疑对"志在兼济，而行在独善"有着深刻的认识。对于白居易来说，"闲适意味着独善，但这独善既不意味着自我完善，亦不意味着急流勇退，它与王维所谓无可无不可的适意有所相同，但又增添了重要的内容——一种退一步乾坤大的思想意识，一种不无愧疚的自我满足心理"①。这种"中隐"思想为士人在社会内部矛盾日益加深的情况下，追求隐逸，保持人格独立指出了一条可行之路，所以在中唐以至两宋，它被隐心未泯的士人奉为圭臬。②

白居易之所以能在途穷之际不陷入身心交瘁的境地，与他一生受儒道释三种思想的影响有很大关系。正如花房英树所言，白居易"年轻时的儒教世界观，不久被老庄思想的人生观的浓厚色彩盖住了，最终则以佛教的生死观作为终结。可以说这是随着时代和环境、境遇和年龄的变化而转移重点的"③。儒家的"心忧天下""济世安邦"使他身不由己地滑入了官场仕途；道家的"委顺自然"和佛家的"三世"观念则使他最终摆脱了仕途多劫的苦痛而使心态趋向知足和自适。

需要指出的是，白居易虽有一份为传统文人所羡慕的闲适、知足之心，但这并不等于他已走出了仕与隐的两难困境。他晚年所作的《岁暮》一诗仍在哀叹"洛城士与庶，比屋多饥贫"；《醉吟先生墓志铭》中也有"有名于世，无益于人；褒优之礼，宜自贬损"的感慨。由此可见，白居易的"中隐"只能为他求得心神悠然，让他疲惫不堪的灵魂得到宁静，却不能让他绝弃道德信念和人格追求，其内心的困顿依然存在。

---

① 韩经太：《心灵现实的艺术透视》，现代出版社1990年版，第200页。
② 宁稼雨：《中国隐士文化的产生与源流》，《社会科学战线》1995年第4期。
③ 〔日〕花房英树：《白居易》，王文亮、黄玮译，社会科学文献出版社1991年版，第101页。

中国古代自传文学的叙事与抒情

　　中国的传统文人借着"儒道互补"找到了一条看似进退自如的人生之路，但令人尴尬的是，这一事实同时也昭明了文人进退两难的生存处境。从古代自传传主总体呈现的进退抉择看，通常以仕为主，以隐为补。仕是传主执着的、长久的追求，而隐则是一种排遣忧愁的方式，有着一步三回首的无奈与犹疑。上文提到的胡应麟、白居易，不论他们最终选择了仕还是隐，"经世致用"的思想始终如影附随，而自由个性的追求也未曾泯灭于心。这种理想人格与人生实践的碰撞同样存在于唐代魏徵的《述怀》、陆羽的《陆文学自传》，宋代欧阳修的《六一居士传》，清代邵长蘅的《青门老圃传》等自传之中。

　　法国文学批评家埃莱娜·西苏认为，"写作乃是一个生命与拯救的问题"，"写作永远意味着以特定的方式获得拯救"。[1] 当古代文人将自我对个性的追求、对社会的认识、对生命的体悟，凝结为文字书写于自传之中的时候，自传给予他的并不仅仅是倾诉衷肠的快感与传名后世的自慰，更为重要的是，它将使传主在回首人生之际看清人与社会的微妙关系从而正视生命的残酷与美好，坚定地走自己的路。生命也许就在那一刻获得了新生。

　　从生与死、人和社会两个角度切入，对中国古代自传所蕴藉的生命意识进行了如上一番挖掘和梳理之后，不难发现在这一挖掘和梳理过程中，古代自传创作的优劣得失也被予以彰显：作为书写生死体验的心灵文本，古代自传以其对个体生存价值的省思和生命意义的追问呈现出较为浓厚的文化内涵和深刻的主旨题趣，而这无疑是当代那些"稗史化""世俗化"[2] 传记所极度匮乏的；作为古人寻求灵魂栖止的"乐土"，自传不以堆砌事迹为能事，而以突出人物性格为要义，因而传主形象个性鲜明富有灵动之美，但生命历程却显得单薄而模糊，这恰巧与历朝"正史"重事迹轻个性的创作风貌相悖（前"四史"可除外），如何协调好二者的关系仍有待当今传记作家和理论家的共同努力；作为封建社会文化场中的产物，古代自传是具有意识形态内涵的文学作品，其对权力意

---

[1] 〔法〕埃莱娜·西苏：《从潜意识到历史场景》，张京媛主编《当代女性主义文学批评》，北京大学出版社1992年版，第219、223页。

[2] 张颐武：《传记文化：转型的挑战》，中国中外传记文学研究会编《传记文学研究》，湖南文艺出版社1997年版，第110页。

志的妥协、对封建观念的附和称颂成为创作中最大的败笔。令人遗憾的是，这一现象同样不同程度地存在于20世纪50年代至80年代中期的大部分传记作品之中，而使人稍感欣慰的是，80年代后期以来，传记创作越来越重视文化品位和生命情怀，从而诞生了一批如王晓明《无法直面的人生——鲁迅传》、陆键东《陈寅恪的最后二十年》之类的优秀传记作品。

衡量传记创作的尺度或许存在着分歧，但传记创作的要务是塑造真实丰满且别致的传主形象，却是人们的共识。不论作家为自己作传是意图抒写自身对生的眷恋与死的恐惧，还是旨在表述自我对个性的守望或对社会的拥抱，生存状态的展现、生命体验的自白都是其中不可或缺的部分。"年年岁岁花相似，岁岁年年人不同"，历代风神别具、姿态殊异的人物的存在，使得古代自传尽显生命的灿烂与绚丽。

时代的物是人非和审美文化的千古巨变，使得人们在追索距今几百年甚至几千年的人物的生命意识时感到如此的力不从心。然而，古人如水般清澈、如山般巍然的精神世界又是这样地吸引着人们，人们在寻求自身精神家园的时候无法抑制住通过探索古人生命情怀来反思自我的内心需求。于是，关注古代文本便成为必然的选择。文本是作家心灵独白的外化，诗歌、散文、戏剧、小说等文学样式，哪一种不烙着作家心路历程的印痕呢？吟诵"前不见古人，后不见来者。念天地之悠悠，独怆然而涕下"（陈子昂《登幽州台歌》）的诗句时，又有谁不曾感受到作家强大生命力所带来的刺痛与感伤呢？生命意识在古代各种文学样式中的存在是毋庸置疑的；而在传记文学中，如前所言，自传相比史传，其自抒心志的文体品格使它更具有生命意趣的腾飞和生命本能的呈露。与凝聚为文本的作家心灵进行对话和潜对话，将有利于两个时代文化心理的沟通，有助于剖析自我深层心理的构建，从而在历史与文化的传承中撑起一片属于自己的天空。

四　中国古代自传文学选读

自为墓志铭

徐　渭

山阴徐渭者，少知慕古文词，及长益力。既而有慕于道，往从长沙公究王氏宗，谓道类禅，又去扣于禅，久之，人稍许之，然文与道终两无得也。贱而懒且直，故悍贵交似傲，与众处不免袒裼似玩，人多病之，然傲与玩，亦终两不得其情也。生九岁，已能习为干禄文字，旷弃者十余年。及悔学，又志迂阔，务博综，取经史诸家，虽琐至稗小，妄意穷极，每一思废寝食，览则图谱满席间。故今齿垂四十五矣，藉于学宫者二十有六年，食于二十人中者十有三年，举于乡者八而不一售，人且争笑之。而己不为动，洋洋居穷巷，僦数椽、储瓶粟者十年。一旦为少保胡公罗致幕府，典文章，数赴而数辞，投笔出门。使折简以招，卧不起。人争愚而危之，而己深以为安。其后公愈折节，等布衣，留者盖两期，赠金以数百计，食鱼而居庐，人争荣而安之，而己深以为危。至是，忽自觅死。人谓渭文士，且操洁，可无死。不知古文士以入幕操洁而死者众矣，乃渭则自死，孰与人死之？渭为人度于义无所关时，辄疏纵不为儒缚。一涉义所否，干耻诟，介秽廉，虽断头不可夺。故其死也，亲莫制，友莫解焉。尤不善治生，死之日，至无以葬，独余书数千卷，浮磬二，研、剑、图画数，其所著诗若文若干篇而已。剑、画先托市于乡人某，遗命促之以资葬，著稿先为友人某持去。渭尝曰："余读旁书，自谓别有得于《首楞严》、庄周、列御寇，若黄帝《素问》诸编，傥假以岁月，更用绎纽，当尽斥诸注者缪戾，摽其旨以示后人。而于《素问》一书，尤自信而深奇。"将以比岁昏子妇，遂以母养付之，得尽游名山，起僵仆，逃外物，而今已矣。渭有过不肯掩，有不知耻以为知，斯言盖不妄者。初字文清，改文长。生正德辛巳二月四日，夔州府同知讳鏓庶子也。生百日而公卒，养于嫡母苗宜人者十有四年，而夫人卒，依于伯兄讳淮者六年。为嘉靖庚子，始籍于学。试于乡，蹶。赘于潘，妇翁簿也，地属广阳江。随之客岭外者二年。归又二年，夏，伯兄死，冬，讼失其死业。又一年冬，潘死。明年秋，出僦居，始立学。又十年冬，客于幕，凡五年罢。又四年而死，为嘉靖乙丑某月日。男子二：潘出，曰枚；继出，曰杜，才四岁。其祖系散见先公大人志中，不书。葬之所，为山阴木栅，其日月不知也，亦不书。铭曰：

杙全婴，疾完亮，可以无死，死伤谅。兢系固，允收邕，可以无生，生何凭。畏溺而投早嗤渭，既髡而刺迟怜融。孔微服，箕佯狂，三复蒸民，愧彼既明。

【赏析】

徐渭（1521~1593），字文长，号天池山人、青藤道士等，山阴（今浙江绍兴）人。明代著名文学家、书画家、戏剧理论家。公安派领袖袁宏道盛赞其诗、文、字、画、人"无之而不奇"（《徐文长传》）。徐渭一生所作自传现可查阅的有两篇《自书小像》和一篇《自为墓志铭》。两篇《自书小像》虽笔调诙谐幽默，但由于篇幅短小，内容以肖像描写为主，常常为人所忽略；《自为墓志铭》则因情感炽烈、坦诚使传主具有灵动的生命之美而感人至深。《自为墓志铭》写于明代嘉靖四十四年（1565）。

"自撰"墓志铭与一般自传的区别在于，作者选择"墓志铭"的形式自述生平，把尚处于进行时的"我"定格为过去时的"他"，即作者在假定传主——作者本人——已经死亡的前提下以旁观者的身份审视演绎自己的人生历程，从而描画出一幅线条准确的"遗像"。徐渭创作《自为墓志铭》时四十五岁，他实际活到七十三岁才去世，但在这篇自传中徐渭却明确指出自己的死亡时间是"嘉靖乙丑某月日"。正是由于作者有着浓厚的"死亡意识"，其独立不羁，不为世俗所撼、高傲倔强的个性才得到了凸显。八次科举应试的失败、生活环境的恶劣、"庶出""入赘"等，这些文人羞于提及之事，作者都毫不掩饰地加以披露，其为人的超脱与不俗可见一斑。面对他人攻击自己畏罪自杀的言论，徐渭也不以为意。徐渭少负才名，却屡应乡试不中。曾入胡宗宪幕府参与抗倭军务，后因胡宗宪在政治上的失败而屡遭挫折，一度精神失常，多次自杀未果，终因误杀后妻被捕。七年后出狱，徐渭变得更加特立独行，最终困顿潦倒而死。徐渭一生曾九次自杀，《明史·徐渭传》对此陈述为："及宗宪下狱，渭惧祸，遂发狂，引巨锥刺耳，深数寸，又以椎碎肾囊，皆不死。"在《明史》修撰者眼中，徐渭是因惧怕被追究责任，才不惜用自杀逃避当局的制裁。徐渭在世之时对"畏罪自杀"之名也早有耳闻，他在《自为墓志铭》中就说过"畏溺而投早嗤渭"，但对此徐渭并没有多加解释。徐渭自申其处世之道深得《老子》"祸兮，福之所倚；福兮，祸之所伏"的精髓，既不会因权贵压顶而战战兢兢，也不会被眼前的耀眼光环冲晕头脑。对照传主处世哲学的超脱、行文走笔的淡然，自杀之于传主只是一种带着血和泪的自嘲，是试图借老庄的消极思想而故作的潇洒之态。在这篇自传中，作者对自己乖僻行为的解释是：以"义"作为自己行为和价值取向的标准。徐渭心中的"义"是指正义和真理，而非儒家的礼义。他认为只要符合"义"，一意孤行不以世俗之见为然，虽是犯儒家的大忌——自杀，也"亲莫制，友莫解"；如果违背"义"的行为则即使断头也不会去做。这无疑是不为世俗所容的。徐渭以轻松的笔调叙述了自己坎坷的一生，其故作洒脱的笔调更能使人体悟到其中的痛楚和心酸，而其苦苦坚持的独立人格也更使人肃然起敬。

栋山樵传（节选）

平步青

栋山樵，浙之山阴人，谈者佚其姓名。济州朱秋水丈令为作《栋山樵隐图》，盖其自号云。

性专愚，寡嗜好，园林、声气之乐，饮馔、服御之娱，与夫金石、图书、泉磁、珠玉、琴弈、博簺、花药、禽鱼，可以快耳目，怿心意者，一无所解。惟好读书，略通大义，于历算、推步、壬遁奇侅、刀圭、风角诸术，亦惮其趣，不之习。蓄书二万卷，日夜读之，涉猎而已，实无所得也。而于群书讹文、脱字，援引乖舛，辄刺取它籍，刊误、纠谬，一书有校至数年未已者。盛暑汗浃竟体，天寒皲瘃，不以为病。妇谐之曰："空费日力，胡不自著书，而耘人田为？"笑而不答。

樵拙于书，其所校识，蛛丝蚊足，密缀行间，羼厕涂乙。岁久，丹黄黑昧，波磔漫漶，瞠不自省，无辨识传录者。为文孤行己意，人更鲜知之，故所作以考辨疏证为多。

自谓貌寝，经年不窥镜，偶取视，则扑之。不喜见贵要、富人，间有物色者，辄逊词，婉转却之。触忤腾谤不之辨，其欲中以奇祸，亦不之慑。尤不惯与名士游，人益憎之，交以寡，惟江上寒叟、荔墙寒士二人。

寒叟读其文，曰："是学鲒埼亭长者，校雠可追步东里学人。"寒叟与并世人文少许可，顾独谓樵："纪事匹衍石斋，考证详密，则理初流亚也。"矍然曰："双韮、抱经，何可当？钱、俞二君亦相去奚翅九牛毛！"其喙如此。

刻丛书十余种。最后出其《昔吒纪事》，有怵以招人之过者，曰："吾文本无所斥，然不能家置一喙；且底下书，徒酷楮椠，焉用充盖酱为？"遂毁之，嗜痂者百计丐其余，匿不出。

樵早更忧患，游京师，壮始归娶。为越中世家子，貌庄姝，粗识文字。樵偶出游，天雨风飓，修篁轩舞；默步榙虎，印望籜枝所傺，往复徘徊，无停蹀，迨樵舟归，乃已。数年，始怀妊。三月而殒，男也。大戚，亟为营箧。樵曰："卿宁不再作茧耶？"又孕而祸作。盖有忮之者，觊戕而为之续。恭医给饮药，胎日以肥。娩前三日，又有贿看产者，暗粤曳之。夜中娩，气息才属，黎旦竟绝，婴娩亦毙。事秘，莫知主名也。

【赏析】

平步青（1832～1896），字景孙，别号栋山樵、霞偶、常庸等，山阴（今浙江绍兴）人，清代文学家。同治进士，历任翰林院庶吉士授编修、侍读、江西粮道并署按察使等职。后弃官归里，遂校辑群书，研治学术。平步青长于目录之学，其所纂《南雷大全集叙录》《樵山堂全书叙》《考定南雷》，记述至为详尽。平步青校书八十八种，如《陶庵梦忆》《两般秋雨轩随笔》等。他一生著述宏富，晚年自订所著为《雪香崦丛书》，有《读经拾沉》《读史拾沉》等二十余种，但不轻易示人，流传不多，今所见《霞外捃屑》即为其中之一。

1891年，六十岁的平步青创作了《栋山樵传》，五年后与世长辞。

该传着意陈述了他的个人喜好,虽没有全面反映传主一生的仕途浮沉与人生经历,但较为鲜明地展现了传主的个性特征。同时,作为清代中后期的一篇自传,该传也具有一定的时代特色。总体而言,《栋山樵传》的成就主要体现在以下三点。其一,通过书写自己对古籍校勘工作的特别爱好,从一个侧面反映了当时文人对古籍整理工作的重视及成果的显著。在自传的第一段,作者就用"性专愚,寡嗜好……惟好读书"突出了自己对读书的无限衷情。紧接着,作者指出自己尤其爱好校勘古籍,甚至到了"盛暑汗浃竟体,天寒皲瘃,不以为病"的地步。平步青继承了乾嘉朴学和浙东史学的优良传统,在考证上颇有成就,同时代著名学者李慈铭认为他"博学强识,远胜于予"(《越缦堂日记》卷二四)。在自传的第五段中也提到了夏燮等人对他校勘工作的称扬。值得注意的是,通过第五段中作者与友人的一番对话,可以发现清代中后期文史学者确实人才济济,清代也确实在考据、校勘等工作上取得了丰硕的成果。其二,在内容的书写上,《栋山樵传》写到了夫妻之间真挚的情感,具有一定的创新意义。在自传中写夫妻之情,最早可上溯到西汉司马相如的《自叙》,但这篇自传在唐代就已失传,其中原委现已不可得知。唐代史学家刘知幾对这篇自传作过一番评论:"相如《自叙》,乃记其客游临邛,窃妻卓氏,以《春秋》所讳,持为美谈。虽事或非虚,而理无可取,载之于传,不其愧乎!"(《史通·序传第三十二》)很明显,传统文人认为,司马相如的风流言行是有违儒家"男女授受不亲""克己复礼"的伦理道德的。也正因如此,古代自传中很少书写夫妻之情。正如陈寅恪所指出的:"吾国文学,自来以礼法顾忌之故,不敢多言男女关系,而于正式男女关系如夫妇者,尤少涉及。"(陈寅恪《元白诗笺证稿》)而平步青的《栋山樵传》却展现了夫妻之间的无限深情。既写了丈夫外出时家中妻子的担忧;也写了妻子难产而死时丈夫的极度痛苦与悲伤。平步青的妻子第一次怀孕时,三个月就流产了,她悲痛之余想替丈夫娶妾,但被平步青拒绝了。她第二次怀孕,却在分娩时母子都不幸死去。对此,平步青在自传中认为是有人蓄意杀害他的妻子以为他续娶的结果。事实已无法查证了,但在自传中可以清晰地感受到作为丈夫的平步青在妻子去世后的悲痛之情。情爱内容在古代自传中的匮乏,自然与封建伦理意识的深入人心是息息相关的。而平步青敢于在自传中书写它,无疑是需要一定的勇气与决心的。其三,毫不隐瞒传主的"短处",具有较强的生活气息。作者在自传中如实地写了自己貌丑、不善书法、不喜与贵要名士交游等"短处",且用笔细腻。例如,对自己相貌的丑陋,他在自传中写道:"自谓貌寝,经年不窥镜,偶取视,则扑之。"貌丑而不愿照镜,偶尔照镜子就立刻把镜子压住,这个细节描写十分生动、逼真。以上这些成就,使平步青的自传在清代自传史中熠熠生辉。

现代篇

中国现代传记文学的承前启后

> 一粒沙里看出一个世界，/一朵鲜花里一个天堂，/把"无限"放在你的手掌上，/让"永恒"在刹那间收藏。
>
> ——〔英国〕布莱克

一 五四新文化运动与中国现代传记文学的诞生

高举"民主"和"科学"旗帜的五四新文化运动奠定了中国文化转型的现代方向，而作为新文化运动重要组成部分的五四文学革命则将这场文化运动演绎得更为生动鲜活。中国古典传记文学沐浴着五四文学革命的春风华丽地完成了现代转型，但此种转型与五四新文化运动之间的内在关联一直没有得到学界应有的关注。五四新文化运动对中国现代传记的发展具有何种意义，现代传记文学的问世与发展对五四新文化运动又具有怎样的作用，这是本书要探讨的问题。

（一）五四新文化运动对现代传记发展的影响

在五四新文化运动吹响"全盘西化"的号角，试图用革命的手段颠覆与肃清传统文化、古典文学的现代影响之时，传记文学踏上了一条寻求与传统决裂的发展道路，在西方与中国、个人与社会、真实与虚构之间步履艰难地前进着。受五四新文化运动的影响，中国现代传记的发展变化主要体现在以下几方面。

1. "全盘西化"影响下对西方传记文学的翻译和借鉴

在五四新文化运动"全盘西化"和"拿来主义"的影响下，20世纪初的中国文坛对西方传记作品有着一种发自内心的推崇。一批西方传记作品被翻译后传入国内,例如,普鲁塔克的《希腊罗马名人传》、卢梭的《忏悔录》、史沫德莱自传《大地的女儿》等。而现代著名翻译家傅雷仅在20世纪三四十年代翻译西方传记就多达五部,在当时产生了极大的影响。

郁达夫明确表示了自己对西方传记作品的推崇,陈独秀的《实庵自传》先后提到了苏格兰启蒙运动领袖人物大卫·休谟的自传,以及美国独立运动领导者富兰克林的自传,可见陈独秀自传写作或多或少地受到他们自传的影响。[①] 徐悲鸿在自传开篇曰:"伏思怀素有自叙之帖,卢梭传忏悔之文,皆抒胸臆,慨生平,借其人格,遂有千古。悲鸿之愚,诚无足纪,唯昔日落拓之史,颇足用以壮今日穷途中同志者之志。"[②] 无疑,卢梭的《忏悔录》对徐悲鸿的自传创作具有一定的影响。巴金则深受俄国革命家克鲁泡特金《我的自传》的影响,1939年,作为这部自传的翻译者,巴金写道:"这是我最喜欢的一部书,也是在我的知识的发展上给了我绝大影响的一部书。"[③] 巴金不论是在思想还是在传记创作上都受到了克鲁泡特金的深刻影响。

2. 个人本位主义影响下自传文学创作的勃兴

毋庸讳言,五四新文化运动是中国文化史上意义深远的一场启蒙运动,在"举一切伦理,道德,政治,法律,社会之所向往,国家之所祈求,拥护个人之自由权利与幸福而已"[④] 的倡议下,"个人主义"开始真正被国人关注。正如郁达夫所说:"五四运动的最大的成功,第一要算'个人'的发见。从前的人,是为君而存在,为道而存在的,为父母而存在的,现在的人才晓得为自我而存在了。"[⑤] 通过对家族制度和封建

[①] 陈独秀:《实庵自传》,奚金芳、伍玲玲主编《陈独秀南京狱中资料汇编》(下卷),上海人民出版社2016年版,第695~704页。

[②] 徐悲鸿:《徐悲鸿自述》,安徽文艺出版社2013年版,第3页。

[③] 巴金:《〈我的自传〉中译者前记》,《巴金译文全集》第一卷,人民文学出版社1997年版,第1页。

[④] 陈独秀:《独秀文存》,安徽人民出版社1987年版,第28页。

[⑤] 郁达夫:《郁达夫文集》第六卷,花城出版社、生活·读书·新知三联书店香港分店1983年版,第261页。

"孝道"的批判，五四新文化运动展现出宣扬个性、重视个体价值、维护个人权利的一面。在此背景下，应该怎样书写一个真正的"人"成为文人热议的话题，自传因其作者和传主合二为一的独特品格而使其抒情达意最为真实生动，也因此备受文人追捧，由此迎来20世纪30年代文人自传创作的高峰期。

20世纪20年代，郁达夫、郭沫若等人已开始了自传创作，1922年5月，上海泰东图书局出版了田汉与夫人易漱瑜在日本度蜜月时所写的日记《蔷薇之路》，这是新文学史上的第一本日记专集。"进入三十年代，写作自传渐成风气。"① 自传数量大，且短篇与长篇兼备。《良友》画报、《国闻周报》、《宇宙风》等刊物长期开辟专栏发表名人小传和自叙传。其中，仅1930年，《良友》画报就发表了《足球体育家李惠堂述：离了母胎到现在》《悲鸿自述》《六十年之回顾——著述家邝富灼述》《医学与佛法——藏书家丁福保述》《交际家黄警顽自述二十年社交经验谈》等短篇自传。上海第一出版社则在1934年到1935年推出"自传丛书"，邀请当时知名作家创作自传，出版了《从文自传》《巴金自传》《庐隐自传》《资平自传》等长篇自传。值得称许的是，在这波自传文学浪潮中，作者对于创作还是表现出了谨慎的态度，陈独秀在1937年11月3日写给著名出版人陶亢德的信中说：

> 弟对于自传，在取材，结构，及行文，都十分慎重为之，不愿草率从事，万望先生勿以速成期之，使弟得从容为之，能在史材上文学上成为稍稍有价值之著作。世人粗制滥造，往往日得数千言，弟不能亦不愿也。普通卖文糊口者，无论兴之所至与否，必须按期得若干字，其文自然不足观，望先生万万勿以此办法责弟写自传，倘必如此，弟只有搁笔不写。②

正是作者这种宁可搁笔不写也绝不粗制滥造的精神，才使得30年代

---

① 萧关鸿编《中国百年传记经典》第一卷，东方出版社2002年版，第5页。
② 亢德：《关于"实庵自传"》，《古今月刊》第8期，1942年，第10~11页。

的自传作品至今仍令人津津乐道。

3. 妇女解放运动影响下现代女性传记的问世

批判旧道德、提倡新道德是五四新文化运动的重要内容。陈独秀、胡适、田汉、李达、鲁迅、吴虞等人自1916年起纷纷撰文反对男尊女卑、呼吁妇女解放。胡适的《贞操问题》《美国的妇人》、吴虞的《女权平议》、鲁迅的《我之节烈观》、陈独秀的《我的妇女解放观》、李达的《女子解放论》是这一时期宣扬妇女解放的代表作。与此同时，一批介绍世界女性主义思潮文化的译作也陆续发表于《新青年》《妇女杂志》《东方杂志》《每周评论》等刊物。随着妇女解放运动的深入，妇女的恋爱自由、婚姻自由、女性受教育的权利、女性经济独立、女性参政等具体问题也被深入探讨。

在妇女解放运动的影响下，一批塑造新女性形象的现代女性传记争相问世，其中既有他传也有自传。胡适创作于1919年的《李超传》是此类他传中最早问世的作品。胡适与传主素不相识，但传主李超不顾家庭反对毅然离家求学的经历感动了胡适，胡适曾在《李超传》中自述塑造传主的意义："她的一生遭遇可以用做无量数中国女子的写照，可以用做中国家庭制度的研究资料，可以用做研究中国女子问题的起点，可以算做中国女权史上的一个重要牺牲者。"[①]《李超传》可视为胡适用文学的形式进行妇女解放运动的产物。从某种意义上说，现代女性传记的产生是妇女解放运动取得阶段性胜利的标志。同是五四时期的作家，谢冰莹的身份更为复杂，她是中国近代史上第一个女兵，而其20年代开始陆续发表的《女兵自传》虽然"只是像卢梭的《忏悔录》一般忠实地把自己的遭遇和反映在各种不同时代，不同环境里的人物和事件叙述出来，任凭读者去欣赏，去批评"[②]，但作品所塑造的具有鲜明叛逆色彩的独立女性形象，成为"现代中国新女性形象的代表，浓缩了一个时代中国女性

---

① 胡适：《李超传》，耿云志、李国彤编《胡适传记作品全编》第四卷，东方出版中心1999年版，第193页。
② 艾以、曹度主编《谢冰莹文集》（上册），安徽文艺出版社1999年版，第8页。

的命运"①。《女兵自传》先后被翻译成多国语言，在世界范围内有一定的影响。此外，白薇、张爱玲、苏青、吴克茵、刘济群、苏雪林等人在这一时期均有自传问世，与封建社会闺阁女子不同的传奇人生与"个人化"的倾诉是这一时期女性自传的共同特征。

（二）中国现代传记文学对五四新文化运动的意义

传记文学的现代转型是在五四新文化运动的推动下完成的，是五四文学革命的有机组成部分。反之，中国现代传记的问世，促进了五四文学革命的全方位展开；现代传记为精英人物立传，促进了自上而下的文化启蒙；现代传记以人物传记的形式记载历史，促进了后人对五四新文化运动的了解。因此，现代传记文学的发展是对五四新文化运动的一种呼应与致敬。

1. 现代传记文学的问世，促进五四文学革命的全方位展开

五四文学革命是新文化运动的重要组成部分，其中心内容是反对旧文学、提倡新文学，反对文言文、提倡白话文。1915 年陈独秀通过发表在《青年杂志》创刊号上的《敬告青年》一文，吹响了新文化运动的号角。1917 年，胡适和陈独秀先后发表了《文学改良刍议》和《文学革命论》，揭开了白话文学运动的序幕，正式树起了五四文学革命的旗帜，鼓吹用白话创作"活文学"。胡适的白话诗、鲁迅的白话小说、郭沫若的新诗将五四文学革命演绎得生机勃勃。

在此影响下，文言文写作对传记文学发展的桎梏开始被人们批判，胡适在《〈南通张季直先生传记〉序》一文中直言："只有烂古文，而决没有活传记了。"② 作为五四文学革命的倡导者，陈独秀、胡适均进行了现代传记的创作，在他们的带领之下，鲁迅、郭沫若、郁达夫等一批五四文学革命的健将纷纷加入现代传记文学的创作队伍。其作品在篇幅上

---

① 杨正润主编《众生自画像——中国现代自传国民性研究（1840—2000）》，上海人民出版社 2009 年版，第 243 页。

② 胡适：《〈南通张季直先生传记〉序》，耿云志、李国彤编《胡适传记作品全编》第四卷，东方出版中心 2002 年版，第 203 页。

打破了古典传记短小精巧的传统，出现了各种篇幅的传记。有短篇，如鲁迅《忆刘半农君》《关于章太炎先生二三事》；有中篇，如胡适《李超传》；有长篇，如邹韬奋的《经历》；有超长篇，如郭沫若长达百万字的《沫若自传》。在传记体式上也进行了各种创新，有日记体传记，如章衣萍的《倚枕日记》；有书信体传记，如鲁迅和许广平的《两地书》；有"诗注体"传记，如郁达夫的《自述诗》和《毁家诗纪》；有现代诗歌体传记，如戴望舒的《我的记忆》；又有口述传记，如冯玉祥的《我的生活》；等等。在传记性质上，既有学术性传记，如朱东润的《张居正大传》、吴晗的《朱元璋传》；也有故事性传记，如顾毓琇的《我的父亲》；等等。章衣萍在《倚枕日记》前言中阐述了诸如日记这样的自传性创作对文坛所具有的意义。

> 据说现代的新兴文学，应该写"他"，写"社会"，不应该再写"我"了。但我真不明白，"我"是不是也是社会一分子。如果没有个人的分子，那里来社会的集团？我以为，旧写实主义的缺点，是把作者站在客观方面去描写，不知道作者也是社会上的一分子，一切人性的善恶悲叹，都脱不了关系的。中国应该有许多忠实的，深刻的描写自我新写实的作品，新文学前途才有发达的希望。①

确实如章衣萍所言，这种描写自我的新写实作品对新文学发展有着不可磨灭的贡献。

需要指出的是，现代传记作品是五四文学革命在文体拓展上取得的胜利果实，同时它也对当时的文坛产生了不小的冲击，促进五四文学革命更深入地展开。例如，1929年出版的戴望舒的《我的记忆》，一改以往"雨巷"的风格，是具有散文美的自由体诗歌传记，注重作品的现实性，受到了文坛广泛的肯定。《新月》创办者之一杜衡、著名诗人艾青等人纷纷对其表达了赞誉之词，文学评论家杜衡甚至认为该诗的创作指

---

① 章衣萍：《倚枕日记》，北新书局1931年版，第2~3页。

明了新诗发展的方向,"找到了一条浩浩荡荡的大路"①。值得一提的是,即使是三四十年代的传记作品,也依然深受五四文学革命的影响,是五四新文化运动的延续和发展。1933年,鲁迅与许广平《两地书》的出版获得了郁达夫等人的一致称赞,而陈可陵在该书问世后,指出这部作品作为情人之间的对话对当时同类题材在写作上的指导意义,"在改正这无聊而又肉麻的风气上,无疑地,是不无效果的,倘使说现在流行的风气是一种病症的时候,那两地书便是一种'对症'的药品"②。《两地书》平实朴素的描写对当时哗众取宠的文风起到了"对症下药"的效果。再如胡适的《四十自述》,作者在小说体裁与谨严的历史叙述之间徘徊,第一章"我的母亲的订婚"用小说式的文字来描写,作为"自传文学上的一条新路子"③,得到了女作家苏雪林的高度赞誉,认为"写得很是成功","那些中国旧式千篇一律的先母行述,先父行述中间无论如何寻不出这样文字,新传记文学胜于旧传记,于此可见一斑了"。④ 不论这个评价是否允当,胡适在传记方面的尝试确实值得人们肯定,也确实在写作手法上对之后的传记创作产生了一定的影响。

2. 现代传记为精英人物立传,使文化启蒙得以延续

中国现代传记的传主古今中西兼具,以社会的精英人士为主。不论是颇具影响力的思想家、政治家,如《多余的话》中的瞿秋白、郁达夫情有独钟的卢梭,还是呼风唤雨的文坛巨匠,如林语堂笔下的苏东坡、郁达夫笔下的屠格涅夫等,均是能启迪普通人心智的杰出人士。这些人物从以下两个方面来推进思想、道德和文化的除旧迎新。

第一,传主的个性鲜明,具备现代人格,从而感化读者。林语堂创作的《苏东坡传》,虽传主是宋代文人,但并不妨碍作家达到通过塑造"理想人格"来启蒙大众的目的。苏东坡的人生经历丰富,文艺成就更是震古烁今,林语堂在赞叹其人格的伟大、才华的卓越、个性的迷人的

---

① 杜衡:《序》,戴望舒:《戴望舒诗集——心灵深处的对话》,鹭江出版社2009年版,第43页。
② 陈可陵:《读〈两地书〉后》,《出版消息》第16期,1933年,第12页。
③ 胡适:《四十自述:胡适自传》,群言出版社2015年版,"自序"第3页。
④ 苏雪林:《自传文学与胡适的四十自述》,《世界文学》第1~4期,1934年。

同时指出：

> 倘若不嫌"民主"一词今日用得太俗滥的话，我们可以说苏东坡是一个极讲民主精神的人，因为他与各行各业都有来往，帝王、诗人、公卿、隐士、药师、酒馆主人、不识字的农妇。……他一直为百姓而抗拒朝廷，为宽免贫民的欠债而向朝廷恳求，必至成功而后已。他只求独行其是，一切付之悠悠。今天我们确实可以说，他是具有现代精神的古人。[①]

诚然，林语堂通过为苏东坡这样一个古人立传，传达给世人的却是民主精神、现代精神，并以此启蒙世人。胡适创作的最长的一部传记《丁文江的传记》有12万字，传主是一名地质专家，虽不是耳熟能详的人物，但也学贯中西，其对科学的热爱、对自由主义的追求十分契合胡适本人一贯宣扬的新思想、新文化。对于丁文江深信"真正科学的精神"是最好的"处世立身"的教育，是最高尚的人生观，胡适盛赞道，"这是一个真正懂得科学精神的科学家的人生观"[②]，由此可见胡适试图通过撰写这个受过西方现代教育的科学家的一生来达到启蒙世人的目的。

第二，一改传统文人的婉约含蓄之美，不少传记以率真、直白，甚至呐喊式的文风震撼世人心灵。著名的乡土文学作家许钦文曾说过："以为自传，最紧要的是表现出整个的我来，这要从我的个性和我所经历的事实来表达。"[③] 瞿秋白在其自传序中也说道："现在我已经完全被解除了武装，被拉出了队伍，只剩得我自己了。心上有不能自已的冲动和需要：说一说内心的话，彻底暴露内心的真相。"[④] 这种试图通过自传剖析自我、展示自我的行为是文人对五四新文化运动的礼赞。郭沫若《我的童年》通过对自己酗酒、打牌、闹剧院的行为，甚至对自己同性恋倾向的描写来展示"自我"风采，坦诚得令人惊愕；欧阳予倩的《自我演戏

[①] 林语堂：《苏东坡传》，张振玉译，湖南文艺出版社2012年版，第14页。
[②] 胡适：《丁文江的传记》，北京师范大学出版社2014年版，第109页。
[③] 许钦文：《钦文自传》，人民文学出版社1986年版，第1页。
[④] 瞿秋白：《多余的话》，江西教育出版社2009年版，第3页。

以来》对 20 世纪初戏剧界的黑暗面进行了赤裸裸的曝光,例如写唱堂会那一段:"不演堂会戏这件事虽然局外人看着很平常,在当时不要说是那些有势力的不能谅解,便是同行的人也以为绝了分赏钱的路,大家反对。"① 这样敢言,无疑会得罪当时把持剧院的流氓,甚至是同行,但同时也是在唤醒众人,要除旧习改新制,具有文化启蒙的作用。

(三) 现代传记以人物传记的形式记载历史,促进了后人对新文化运动的了解

现代传记作品很大一部分聚焦于新文化运动的倡导者、参与者和响应者,在撰写人物生平的同时也记叙了这场轰轰烈烈的运动本身,换而言之,现代传记是以人物列传的形式反映新文化运动,是研究新文化运动不可或缺的史料来源。具体而言,现代传记主要在以下两方面记叙了新文化运动。

一是通过倡导者、先驱者的传记,介绍了新文化运动爆发的背景。陈独秀和胡适是当仁不让的新文化运动倡导者,此外,蔡元培、钱玄同、鲁迅、李大钊、刘半农、周作人等均是新文化运动的先驱。陈独秀的《实庵自传》写于 1937 年被囚禁于南京监狱之时,1938 年该传被印成单行本时,刊印者汪孟邹曾云:"《实庵自传》的刊行,对于近代史学尤其对于青年人的意义之重大,已可不言而喻了。后之来者,从这个领导时代的人物的自叙中,定能懂得些什么并学些什么。"② 确实,自传中对陈独秀的成长经历,特别是其思想的逐步成熟过程的介绍,有利于人们了解陈独秀倡导新文化运动的缘由。胡适《四十自述》从传主父母结婚开始记叙,内容包括童年生活、青年求学,一直写到 1917 年发表《文学改良刍议》参加五四文学革命为止,其中第六章为"逼上梁山——文学革命的开始",是世人了解五四文学革命爆发过程的不可多得的第一手资料。鲁迅生平写过几篇自传作品,主要有《自叙传略》、《鲁迅自传》和

---

① 欧阳予倩:《自我演戏以来》,《戏剧杂志》第 1 卷第 6 期,1929 年,第 237~238 页。
② 汪孟邹:《实庵自传刊者词》,沈寂《陈独秀传论》,安徽大学出版社 2007 年版,第 215 页。

《自传》,均只寥寥几百字,远远不能概括其丰富多彩的一生。20世纪40年代初,日本学者小田岳夫的《鲁迅传》问世,这是第一本单行本鲁迅传记。1948年出版了王士菁创作的四十万字的《鲁迅传》,将鲁迅研究推向了一个新高度,也为后人了解鲁迅一生,特别是他在五四时期扮演的重要角色提供了有力依据。其余如蔡元培的《我在北京大学的经历》《我在五四运动时的回忆》《口述传略》,李大钊《我的自传》,废名的《知堂先生》等,均是研究新文化运动爆发的绝好史料。

二是通过中坚人物的传记,反映了新文化运动的发展过程和深刻影响。作为新文化运动的中坚力量,郁达夫、沈从文、林语堂、巴金、徐志摩、丁玲、胡也频等人均有自传或他传流传下来。这些传记将传主置身于大时代背景中刻画其人生历程,在叙写传主的同时反映了社会的发展变化,反映了新文化运动的发展历程。正如沈从文晚年谈到《从文自传》时所言:"书中所记,虽只近于本世纪初一个少年走向社会第一阶段亲自经历的琐琐人事,从大处看,却又近于当时中国社会的缩影。"①沈从文也认为读者阅读这本自传可以明白"一个材质平凡的乡下青年,在社会剧烈大动荡下,如何在一个小小天地中度过了二十年噩梦般恐怖黑暗生活。由于'五四'运动余波的影响才有个转机,争取到自己处理自己命运的主动权"②。

中坚人物的传记通过叙述传主人生轨迹的演变历程,从侧面反映出新文化运动在当时所产生的深刻影响。瞿秋白自述:"一九一八年开始看了许多新杂志,思想上似乎有相当的进展,新的人生观正在形成。"③据巴金在自传性回忆录《信仰与活动》中记载,巴金三兄弟和香表哥、六姊在五四运动爆发后一起贪婪地阅读着代表着新思想、新文化的文章,"我们争着读它们。那里面的每个字都像火星一般地点燃了我们的热情。那些新奇的议论和热烈的文句带着一种不可抗拒的力量压倒了我们"④。

---

① 沈从文:《德译〈从文自传〉序》,《沈从文全集》第十六卷,北岳文艺出版社2002年版,第406页。
② 沈从文:《附记》,《从文自传》,北京十月文艺出版社2013年版,第285页。
③ 瞿秋白:《多余的话》,江西教育出版社2009年版,第5页。
④ 巴金:《忆》,东方出版中心2017年版,第102页。

庐隐则更具典型意义，庐隐是新文化运动中的积极分子，五四时期著名作家，与冰心、林徽因合称"福州三大才女"。她1924年发表于《民铎》的《中国的妇女解放问题》一文以女性的身份讨伐封建礼教，令人震撼。1934年出版的《庐隐自传》共有八部分，分别是"童年时代""中学时代""第一次的教员生活""大学时代""著作生活""思想的转变""社会经验""其他"。该传生动记叙了庐隐的成长历程，特别是其在新文化运动影响下思想的转变和进行五四文学革命的过程，从一个侧面反映了新文化运动对当时青年的深刻影响。以"其他"部分为例，庐隐在这部分中共谈了六个话题："从来不追悔""我的宗教""我的嗜好""我创作时的习惯""我对于教育的意见"，以及"我对于恋爱的主张"。这六个话题非常直观地展示了传主棱角分明的个性特征。例如，在谈到恋爱观时，庐隐主张"恋爱是有条件的——精神上的条件"，并具体提到三点，"第一步当然是要彼此有深切的了解，仅仅了解还不够，这相爱的一对人儿当中，还须彼此发现各人的特别优点，互相崇拜这优点"，"其次要性情合得来"，"再其次呢，应当有为了爱而牺牲个人利益的精神"。[①] 这三点无疑迥别于"郎才女貌"的传统婚姻观，是新文化运动洗礼下的产物。郑道明曾评价说："庐隐是被'五四'的汹涌怒潮从封建的氛围中掀起来的觉醒的一个女性，她在当时对这个思潮很锐敏地接受了。"[②] 世人也正是通过庐隐的自传了解了新文化运动对大学时期的庐隐的深刻影响，晓君在《"庐隐自传"读后感》里也明确指出："她（庐隐）进女高师那一年，正碰上五四运动。五四运动唤醒了多少青年或是老青年，学术方面也起了大波澜。在许多猛然从旧梦中苏醒的摇旗呐喊的青年之中，她也是一个。"[③] 值得一提的是，通过传记的形式让后人了解新文化运动，这一理念自觉存在于当时一部分文人的心中。张静庐在谈到他创作自传《在出版界二十年》的动机时曾说道："当时阿英先生和几位朋友都叫我写一本自传，来记述二十年来上海新书事业的沿革和

---

① 黄庐隐：《庐隐自传》，第一出版社1934年版，第113~132页。
② 郑道明：《庐隐论》，《创作与批评》创刊号，1934年，第25页。
③ 晓君：《"庐隐自传"读后感》，《女声》第3卷，第10期，1935年，第18页。

变迁，给后来留心新文化运动的史家们一些'或许有用'的史料。"① 这一目的无疑是达到了。

1923年底，《新青年》杂志改版为中共机关报标志着新文化运动的结束，但新文化运动对文学的影响还在延续。中国现代传记文学作为新文化运动的产物，其产生、发展与新文化运动息息相关，这是应该引起学界关注的。

二 中国现代传记文学的承前

中国现代传记文学在民族传统与西方文化、历史与文学、政治与学术的多重矛盾冲突中应运而生。"西方化"写作模式的尝试使其从容地完成了从古代跨入现代的华丽转型，但也因此，人们热衷于探究其转型的种种表现，而忽视了现代传记文学作为从古典传记到当代传记的过渡，其本身所具有的承前启后的文学史意义。在传记文学发展呈现出如火如荼局面的今天，重新审视现代传记文学的生成与影响，对研究传记文学，尤其是研究当代传记文学无疑是有积极作用的。

高举个性解放旗帜的五四新文化运动试图撕裂与传统的联系，特别是接受过西方文化洗礼的文人，纷纷以激进的文学书写向人们表达自己新的价值体系和审美理念。因此，"在'五四'这样观念急剧变动，人们不惜以极端的方式与旧时代划清界限的时期"②，传记写作的变革与转型势在必行。胡适率先明确地提出了"传记文学"③的概念，试图在与西方传记的比较中，厘清古典传记与现代"传记文学"的本质差异。此后郁达夫、茅盾、沈从文等人，都大力提倡写作与传统意义上的"传记"有着本质区别的现代"传记文学"。茅盾甚至断然提出"中国人是未曾产生过传记文学的民族"④，将古代的传记写作全部划归于历史的范

---

① 张静庐：《在出版界二十年》，江苏教育出版社2005年版，第1~2页。
② 赵园：《郁达夫：在历史矛盾与文化冲突之间》，王晓明主编《二十世纪中国文学史论》第二卷，东方出版中心1997年版，第35页。
③ 胡适：《传记文学》，耿云志、李国彤编《胡适传记作品全编》第四卷，东方出版中心1999年版，第200页。
④ 茅盾：《传记文学》，《茅盾全集》第十九卷，人民文学出版社1991年版，第539页。

畴。贴着"历史"标签的古典传记因而成为现代文人攻击的对象，人们以创作出与之相区别的现代"传记文学"作为对五四新文化运动的献礼。

人们对传记文学属性的空前关注使得步入20世纪的传记文学呈现出与古典传记不同的艺术特征。传记文学创作中文学的想象和艺术的再创造被提升到一定的高度，"把一个人的一生，极有趣味地叙写出来"① 成为文人追求的目标。各种创作手法开始被传记作家不断地尝试，诚如沈从文在谈到他写作《从文自传》的情形时所说的："为了补救业务上的弱点，我得格外努力。因此不断变换作品的内容和形式，用不同的方法处理文字组织故事，进行不同的试探。"② 趣味性、故事性的增强使得现代传记文学在篇幅上大幅提升，与古典传记篇幅短小不同，一般单行本传记字数均在十万以上，如邹韬奋的《经历》、吴晗的《朱元璋传》等，甚至出现了长达一百一十万字的郭沫若的系列自传。在语言的运用上，现代传记文学也渐渐用通俗易懂的白话文取代了文言文，以及半文半白的语言。然而，传统文化对人心的束缚是不容小觑的，对于传统文化的压制，人们最终会妥协或互容，在现代传记文学的创作中亦是如此。现代传记文学的发展是在汲取古典传记养料的基础上进行的，它的承前是有着深厚传统文化修养的文人必然的表现，主要体现在以下几方面。

（1）推崇更加全方位地占有史料，强调传记文学的真实性，将史学凌驾于文学之上。以胡适为首，现代传记文学作家要求对缺乏文学性、绝对忠实于历史的人物传记进行改革："我们现在要求有一种新的解放的传记文学出现，来代替这刻板的旧式的行传之类。"③ 但在实际操作中，这种改革却没有取得实质性的进展。"没有一句凭空想象的话"④ 是朱东润对自己《张居正大传》写作的总结。甚至胡适本人，虽然明确了传记

---

① 郁达夫：《传记文学》，《郁达夫文集》第六卷，花城出版社、生活·读书·新知三联书店香港分店1983年版，第202页。
② 沈从文：《从文自传·附记》，萧关鸿编《中国百年传记经典》第一卷，东方出版社2002年版，第488页。
③ 郁达夫：《什么是传记文学？》，《郁达夫文集》第六卷，花城出版社、生活·读书·新知三联书店香港分店1983年版，第283页。
④ 朱东润：《张居正大传》，湖北人民出版社1957年版，第11页。

需要将文学与史学紧密结合，提出"给史家做材料，给文学开生路"[①]的观点，但同时，他也无法摆脱创作中深受史学禁锢的现实："我究竟是一个受史学训练深于文学训练的人，写完了第一篇，写到了自己的幼年生活，就不知不觉的抛弃了小说的体裁，回到了谨严的历史叙述的老路上去了。"[②] 胡适一生创作的四十余篇传记性质的文章中，真正能做到文学与史学完美结合的亦寥寥无几。

　　现代传记作家虽然清楚了文学对于传记的重要性，但由于受传统史学的影响，依然会不自觉地用治史的方法进行传记创作。林语堂的《苏东坡传》卷后所列苏东坡诗文的初版本、清刻本和现代刻本多达一百二十种。吴晗的《朱元璋传》有五百多个注释，几乎每一段之后就有一个注释说明资料来源。这种对史料的执着，孜孜于传主生平事迹的真实，无疑是受到《史记》以来史传类作品对实录精神追求的影响。不可否认，古典传记中失真的作品不在少数。史传中的讳笔、文人的谀墓比比皆是，但真实一直被文人视为衡量传记作品的最高艺术准则。而现代传记作家提出的"中国所需要的传记文学，看来只是一种有来历、有证据、不忌繁琐、不事颂扬的作品"[③]，这一思想无疑是传承了古典传记创作的理念。

　　（2）受传统伦理意识的羁绊，强调传记文学的社会功能，将史鉴凌驾于审美之上。"史传合一"的传统使得中国传统文人往往将传记当作历史书写，传记承载着教化、激励、价值评判等社会功能。而现代传记作家，除郁达夫等少数个性张扬的作家外，大多受传统伦理思想的桎梏，习惯于侧重刻画传主的家族历史、学术创作、个人政绩而忽视其个人生活细节，作品以史为鉴的目的明显甚于文学审美的目的。作为现代传记文学先驱的梁启超，一生创作了四十余篇传记作品，包括一批中外名人传记，如《意大利建国三杰传》《近世第一女杰罗兰夫人传》《王荆公》《管子传》等，以达到他启蒙国民、"富民强民"的目的。朱东润这样讲

[①] 胡适：《四十自述·自序》，耿云志、李国彤编《胡适传记作品全编》第一卷，东方出版中心1999年版，第3页。

[②] 胡适：《四十自述·自序》，耿云志、李国彤编《胡适传记作品全编》第一卷，东方出版中心1999年版，第3页。

[③] 朱东润：《张居正大传》，湖北人民出版社1957年版，第4页。

述他1941年创作《张居正大传》的目的："为什么我要写张居正？因为在1937年到达重庆以后，我看到当时的国家大势，没有张居正这样的精神是担负不了的。……写张居正的传记当然必须交待一个生动、完整的张居正，但绝不是为了张居正而创作。我们的目光必须落到当前的时代，我们的工作毕竟是为现代服务的。"① 诚如张颐武所说的："就总体而言，五四以来的传记写作一直是在个人主体/民族国家的双重寻求中发展的。这些传记的共同目标乃是'现代性'的'理想人格'的建构，这种'理想人格'正是启蒙与救亡的工程中的关键的环节。这种以'立人'为中心的'伟大叙事'一直支配着传记写作自五四直到新时期的发展进程。"② 在那个"风雨如晦，鸡鸣不已"的时代，现代传记作家用传记作品阐述他们的人生体悟、抱负主张。

作家对作品社会功能强化的同时，在一定程度上自然会弱化对作品审美的追求。现代传记作品普遍在对传主形象塑造的个性化、结构的匠心独具、语言的生动感人上存在一定的不足。正如辜也平所说："在理论提倡和创作实践中，中国现代传记文学因袭的'历史'重负首先表现在过分强调作品的史鉴功能，牺牲艺术的趣味性，忽视了作为文学的审美功能和娱悦功能。"③ 此种不足，又何尝不是古典传记写作传统的延续呢？

（3）注重作品的抒情意味，强调作家主观感受的抒发，使作品散发时代气息。韩兆琦在《中国古代传记文学略论》一文中总结了我国古代传记文学的五个突出特点，其中之一就是有强烈的抒情色彩。④ 我们在《史记》中也早就领略了古典传记的抒情意味："太史公长于咏叹，在对人物事件进行褒贬评述时，他的序赞中蕴藏着一种深长的情思，像是缕缕的云雾，在朴淡的话语中升腾而起，具有强烈的抒情味。"⑤ 苏轼的《亡妻王氏墓志铭》、方苞的《左忠毅公逸事》、沈复的《浮生六记》等

---

① 朱东润：《我怎样写作〈张居正大传〉的》，《社会科学战线》1983年第3期。
② 张颐武：《传记文化：转型的挑战》，中国中外传记文学研究会编《传记文学研究》，湖南文艺出版社1997年版，第110页。
③ 辜也平：《论中国现代传记文学发展进程中的"历史"重负》，《福建师范大学学报》（哲学社会科学版）2007年第6期。
④ 韩兆琦：《中国古代传记文学略论》，《北京师范大学学报》（社会科学版）1997年第4期。
⑤ 俞樟华：《传记文学谈薮》，中国文史出版社2007年版，第141页。

均是以主体情感的倾泻夺人耳目的佳作。而现代传记作家将创作视为匡时济世的工具，常常身不由己地从幕后走出来，借传主的所作所为宣扬自我的思想情感。朱东润在《张居正大传》中发出这样的呐喊："我们对于过去，固然看到无穷的光辉，对于将来，也必然抱着更大的期待。"① 作家借张居正精神呼唤民众抗日的思想溢于言表。周立波写于抗战时期的《徐海东将军》是一篇人物小传，作家是这样结尾的："当我回到南边时，已经是春天了。平汉车过孝感时，我看见车窗之外，在我们的窑工的故乡，梅花已经开放了。而在他现在所在的北方，还是雪吧？凭着这薄暮里雪白的梅花，祝福还在雪中的北方的战士，祝福我们的英勇的窑工。"② 作家以寒梅傲雪的比喻，进一步抒发了自己对战士们的敬佩之情，升华了徐海东的形象。而郁达夫所创的"诗注体"传记，即用诗后加注的形式完成传记的内容，则将现代传记作品的抒情性推向了高潮。作家这种积极自觉的自我介入、自我参与的做法，使得现代传记作品散发出浓郁的时代气息，具有强烈的感召力。

现代传记作品的承前是文人不忘传统的表现。这些作家大多是封建社会最后一批士大夫，又是新时代的第一批知识分子。在中西文化激烈碰撞之下，"他们的社会身份、文化教养乃至思想灵魂都是双重的；他们的整个生命都被历史分割着，同时也真实地体现着历史的联系和历史的矛盾。更确切地说，他们摆脱不了列文森（Levenson）所揭示的那种理智上接受西方，情感上面向传统的困境"③。正是因为情感上面向传统，作家在创作传记时会身不由己地继承古典传记中的若干元素。

三 中国现代传记文学的启后

现代传记文学不仅承前而且启后，启后是现代传记文学艺术魅力的充分体现。新中国成立以后的当代传记作品，在数量上已远甚于现代传记作品，而在传记种类的复杂化、传主身份的丰富化，以及传记创作手

---

① 朱东润：《张居正大传》，山西人民出版社2018年版，第369页。
② 周立波：《徐海东将军》，《战场三记》，湖南人民出版社1962年版，第47页。
③ 许纪霖：《智者的尊严——知识分子与近代文化》，学林出版社1991年版，第109页。

法的多样化等方面,也明显比现代传记作品更胜一筹。但必须正视的是,当代传记文学在发展过程中不可避免地受到了现代传记文学的影响,主要体现在以下几方面。

(1) 现代传记作品中的英雄崇拜、革命情结延续至当代,使得"十七年文学"和新时期八九十年代问世的传记作品中,有着数量可观的革命英雄、政治伟人传记。

不论是梁启超的中外名人传记,还是朱东润的古代历史文化名人传记;不论是书写辛亥革命志士的南社传记,还是歌咏我党我军领袖人物和高级将领的解放区传记:为英雄造像的创作动机都是异常鲜明的。在南社传记中可以感受到的是对同志的思念、对故人的哀悼,寄托了作者的思怀与敬意。宁调元的《文学林维岳墓志铭》、柳亚子的《周烈士实丹传》《阮烈士梦桃传》《追悼会祭周阮二烈士文》、张同的《追悼八婺光复会诸烈士文》等,将辛亥革命时期广大的革命烈士、进步群体真实而生动地刻画出来。解放区传记中,叱咤风云的一代英杰,如毛泽东、朱德、贺龙、王震、李先念、刘伯承等人,是作家选择传主时最心仪的对象。

不论是在中华人民共和国诞生之际,还是在"文革"结束之后,对英雄的渴望都是异常强烈的,为英雄唱赞歌必然成为新时代的主旋律。新中国成立初期,抗日英雄、解放军英雄、志愿军英雄传遍地开花。梁星《刘胡兰小传》、黄钢《革命母亲夏娘娘》、郐顺义《董存瑞》、巴金《青年战士赵杰仁同志》《杨林同志》、郑大藩《伟大的战士邱少云》、吴运铎《把一切献给党》、陶承《我的一家》、缪敏《方志敏战斗的一生》、杨植霖《王若飞在狱中》等,成为当时炙手可热的传记名篇,影响了整整一代人的精神与灵魂。动辄上千万册的发行量是今天的出版界所无法想象的。其精神渗透力与感召力远非南社传记可比,但在传记主旨传达、传主资料剔抉等方面依然可见南社传记的影响。以当代政治人物为传主的传记在20世纪的八九十年代风光一时,刘白羽的《大海——记朱德同志》、权延赤的《走下神坛的毛泽东》《走下圣坛的周恩来》、毛毛的《我的父亲邓小平》等传记,充分体现了人们对于英雄中的顶尖人物——领袖人物的崇拜之心,而与解放区的人物专访和人物速写相比,其创作在主旨上有着明显的继承性,但在篇幅上有较大的提升,在人物形象塑造上则更注重细节的真实与生动。

树立英雄偶像是时代的需要。战火纷飞的年代需要英雄的拯救,新旧社会交替的年代需要对英雄的缅怀,迎来思想解放的年代需要塑造属于新时代的英雄。从现代绵延至当代,传记作家一如既往地对英雄进行着火热的颂扬。

(2) 20世纪30年代文人创作自传的高涨情绪延续至当代,使得自传成为当代传记文学中的一朵奇葩,在数量与质量上都有着令人惊叹的成果。

胡适是现代传记作家中大力鼓吹自传创作的第一人。他在众多场合都不遗余力地强调自传写作的重要性,并身体力行地创作了《四十自述》。其后,文人自传创作风起云涌,在30年代形成了一个高峰期。郁达夫于1934~1936年发表了《悲剧的出生》《我的梦,我的青春》《书塾与学堂》等10篇自传性作品,其"自我暴露程度之深、文学艺术性之高,在中国现代传记文学发展史上屈指可数"[①]。《沫若自传》、《从文自传》、《巴金自传》、《钦文自传》、《庐隐自传》、《资平自传》、《女兵自传》(谢冰莹)、《林语堂自传》、《多余的话》(瞿秋白)等自传的问世,彻底改变了古代自传抒情达志小传的风格,在传主形象塑造、结构布局、语言艺术等方面均取得明显的突破,可视为现代传记走向成熟的标志。

受西学东渐的影响,自传成为五四新文化运动中文人表现自我、张扬个性的一种最受欢迎的文学形式。这种创作自传的热情一直延续到当代。新中国成立后,自传创作虽在"文革"时期一度搁浅,但20世纪90年代以后,其繁荣程度令人瞩目。与现代自传相比,当代自传创作呈现出以下几个特色。

第一,传主身份多样。与现代自传传主主要集中于作家与革命者不同,当代自传传主辐射社会的各个群体。既有政治人物,如20世纪60年代出版的《我的前半生》中的末代皇帝溥仪,也有文化名人,如《我走过的道路》中的作家茅盾;既有德高望重的戏剧艺术家,如《新凤霞

[①] 俞樟华、姚静静:《地域视野下的郁达夫自传研究》,《浙江师范大学学报》(社会科学版) 2011年第1期。

回忆录》中的评剧艺术家新凤霞，也有饱受争议的影视演员，如《我的路》与《我的自白录》中的刘晓庆；既有体育运动员，如《超越自我》中的陈祖德、《围棋人生》中的聂卫平，也有成功的企业家，如《世界因你而不同》中的李开复；既有神秘的航天员，如《天地九重》中的杨利伟，也有普通人，如《妈妈的心有多高》中的残疾人赵定军。当代自传传主身份的多样，与中国改革开放以来思想的解放息息相关。

第二，作品良莠不齐。与现代自传作者大多是驰骋文坛的巨匠不同，当代自传作家因为身份各异，其写作水平也参差不齐。作家、学者的传记，明显要优于演员、商人的传记。且不同的时代背景、文化氛围，也会影响传记创作的水平。例如，虽然茅盾与巴金、沈从文一样是文坛巨匠，但其写作于20世纪70年代的自传《我走过的道路》，在史料的真实性，以及传主形象刻画的生动、丰满等方面就有明显的缺憾。

第三，作品世俗功利性强。现代自传作者或是著名文人，或是披荆斩棘的革命家，因此作品具有较高的思想性。例如，瞿秋白的自传《多余的话》用"知我者，谓我心忧；不知我者，谓我何求"作为全传的题记，昭示出作品是对传主灵魂的深刻剖析。同样，《从文自传》之所以享誉文坛绝不仅仅是因为传主离奇的经历，更是因为作品对其复杂人生的深刻体悟，以及对湘西原始生命形态的独特思考。当代自传除少数优秀之作，如钱理群的《我的精神自传》、刘道玉的《一个大学校长的自白》等，大部分作品具有较强的世俗功利目的，思想深度不高。例如，20世纪90年代以来发行量居高不下的影视演员自传，鲜有佳作问世。自传在当代所呈现出的与现代不同的特色，既是时代发展所致，也是传记这一文体发展所致，其优点与缺点都是可以理解的。

（3）现代传记对西方传记的借鉴与学习延续至当代，使得当代传记创作充斥着更多的西方传记元素。

西方传记理论与传记创作对中国现代传记的影响是有目共睹的。胡适最早把西方近代传记理论有意识地引入中国，并以不懈的努力扩大"新传记"的影响。郁达夫发表于1933年的两篇文章《传记文学》和《什么是传记文学？》，则对"新传记"做了较为细致的说明。由于受法国伟大的平民思想家、文学家卢梭自传《忏悔录》的影响，郁达夫创作了同样袒露全人格的自传《日记九种》。在中国当代传记作品中，可以从以下两个方面感受到西方传记理论与传记创作的影响。

第一，卢梭式的忏悔意识在当代传记中的闪现。忏悔意识一向是中国文人所匮乏的，冯至就曾指出："中国文学里也没有奥古斯丁、卢梭那样坦率的'自白'或'忏悔'。"①20世纪初黄远生发表在《东方杂志》的《忏悔录》一文，是近代知识分子在灵与肉的冲突中自我分裂的结果。而发表于1998年的韦君宜自传《思痛录》，因其坦率到惊人的自我剖析精神而使整个读书界为之动容。作为20世纪30年代就从事革命工作的"老革命""老知识分子"，韦君宜在晚年通过自传讲述了中国革命史上"左"的思潮和"左"的做法给国家和人民带来的危害。在《思痛录》中，她既记叙了个人的不幸，同时也承认自己也曾是一个悲剧的"制造者"，忏悔了自己在新中国成立后历次政治运动当中的不光彩的表现。这本自传是韦君宜晚年在疾病缠身的情况下创作而成的。一生历经坎坷的韦君宜在饱受疾病摧残的同时更为深刻地反思自己的人生，这种精神是极为可贵的。又如传奇富豪李春平，在谈到自己的传记《忏悔无门——慈善家李春平的旷世情缘》时，他表示："我不在乎您看完可能产生的轻蔑，只在乎自己是否虔诚地递交了一份严格的忏悔书。"②受西方传记的影响，中国当代传记中也出现了"忏悔"的主题，不论其忏悔深刻与否，都是一种进步。

第二，西方各种传记创作方法被中国当代传记作家借鉴。20世纪西方传记作家中，有将心理学引入传记的，如用直觉方法进行传记创作的法国传记大师安德烈·莫洛亚、美国传记家马里尔·布拉德福德等；有将精神分析引入传记的，如德国传记大师茨威格；有将社会学、历史学方法引入传记的，如法国传记家亨利·特罗亚、美国传记家玛谢特·裘特等。当然，更多的作家则是将这些创作方法综合运用。这些西方新的

---

① 冯至：《一夕话与半日游》，《世界文学》1981年第5期。
② 李春平：《自述7：最后的忏悔》，王春元《忏悔无门——慈善家李春平的旷世情缘》，长江文艺出版社2006年版，第287页。

传记创作方法在中国当代传记中时有发现。如王晓明的《无法直面的人生——鲁迅传》运用心理分析方法，在追索传主矛盾行为的内因，为其找到合乎逻辑的解释的同时，揭开传主被理性所掩盖着的精神内质。赵良的《帝王的隐秘：七位中国皇帝的心理分析》是一部抒情散文体的历史人物心理传记。作者在占有大量史料的同时，用心理分析的方法对中国历史上最具有代表性的七位帝王——嬴政、刘邦、武则天、李煜、朱元璋、光绪和溥仪，探幽索微，剖析导致他们心理病案的隐秘，很是引人入胜。而在陆键东的《陈寅恪的最后二十年》中，可以看到西方新传记中"务必解释"的创作方法的运用。① 创作了《维多利亚名流传》的英国传记家斯特雷奇曾说过："未经阐释的真实就像深埋在地下的金子一样没有用处。艺术是一位了不起的阐释者。"② 陆键东通过大量引用第一手资料，包括陈寅恪的诗作、文章等，对传主做了全方位的阐释。如陈寅恪晚年唯一厚爱的弟子为何是学识与才智都非常普通的女学生高守真，作者从陈寅恪一生受"门风之优美"观念影响入手，破译了这一费解之举。正是高守真显赫的家世与重学识的门风促成了这一历史之缘。通篇传记诸如此类的"解释"比比皆是，使其极具魅力。总体而言，中国当代传记创作还是较为保守的，对西方新的传记创作方法的学习也是不够的。这有待今后进一步努力。

当代传记文学所呈现的繁盛景象是现代传记文学无法望其项背的，这无疑会使如胡适般鼎力鼓吹传记文学创作的文人感到欣慰。但商业化的操作模式也使得21世纪以来的传记文学在媚俗化、功利化道路上越走越远。道德价值评判标准的模糊是其最为致命的问题，自传中传主的忘情陶醉、他传中对传主名利的无限崇拜使得当代传记的社会功能一度缺失，这绝不是如郁达夫、朱东润般有着强烈社会责任心的现代传记大师所愿看到的。现代传记文学留给当代传记文学最为宝贵的应是严谨的创作态度、深厚的创作素养和高尚的创作动机，但令人遗憾的是，这些对当代传记文学的影响似乎并没有那么深刻，这值得当代传记作家和传记

---

① 赵白生：《传记文学理论》，北京大学出版社2003年版，第208~212页。
② 转引自赵白生《传记文学理论》，北京大学出版社2003年版，第211页。

出版商进行认真的反思。

作为人类生命载体的传记文学在现代文坛所释放的光芒在过去的一个世纪中并没有得到学者应有的关注。但正是现代传记作家在中西结合道路上做出的积极探索，使得传记文学在现代得以成功转型，同时为其在当代的发展也开辟了道路。现代传记文学虽然没有产生媲美"史汉"的巨著，也没有呈现恍如当代传记文学的繁盛局面，但其承前启后的文学史意义是不容人们忽视的。

四 书评：规律探讨与理论积累的双重努力
——评陈兰村主编《中国传记文学发展史》

在诸多文学样式日益走向边缘化的20世纪90年代，传记文学以其特有的魅力受到广泛的关注，甚至有人预言，它将是下个世纪的主流文类，而其源头在我国最早可以追溯至《诗经·大雅》中的《生民》《公刘》。但令人遗憾的是，由于种种原因，历代对这一古老文学样式的研究探讨都极为匮乏。陈兰村主编的《中国传记文学发展史》（语文出版社1999年版，以下皆简称《发展史》），以史的格局将对中国传记文学发展走向、态势特征的宏观考察描述和对古今传记文本的具体剖析解读相结合，成为我国第一部融贯古今的传记文学史，其开辟、创造之功是显而易见的。

梳理和描述中国传记文学的演进轨迹，并在此基础上探索其发展规律及独特品格是这部著作的突出贡献。作为生命载体的传记文学，其发展与人性的发展，尤其是与对人性认识的发展有着密切的关系，《发展史》对这一规律进行了全面深入的阐释，从史的角度概括了中国曾经发生过的五次较大的人性讨论，即战国时期、魏晋南北朝时期、明代中后期、五四新文化运动时期和党的十一届三中全会以后的新时期的研讨，认为这五次人性讨论直接促成了不同传记文学的产生和发展，它们分别推动了传记文学雏形的产生、杂传和散传的兴起、市民传记的问世、现代传记热潮的涌现和20世纪80年代以来传记文学新的繁荣景象的出现。这一对人性与传记创作之间内在关联的认识，使得《发展史》深刻地揭示了各个历史时期传记创作兴衰的内因。这一认识使整部著作布局呈现出一种富有韵律的跌宕有致之感,读来脉络清晰,思路缜密。

《发展史》在具体评判传记创作的优劣得失时,将文学性与真实性的有机统一作为一种重要的衡量标准。认为元代的《辽史》《金史》缺乏文学性,而西汉司马迁的《史记》、清代沈复的《浮生六记》才是将真实性与文学性完美结合的传记作品。《发展史》在微观透视了历代传记作品的优长与不足之后得出的这一结论,无疑是极具说服力的。

对传记文学自身各因素的更迭演进规律的揭示则使人对传记本体的理解更进一步。传记文学自身的主要因素由传主、题材、情感表达、体裁形式、表现方法等组成。对这些因素在各个历史时期的不同表现形态,《发展史》都有较为明晰地描述。这一在史的描述过程中所勾勒出的传记本体的发展历程,鲜明而生动地显现了传记文学两千年来所经历的风风雨雨,令人读后对传记这一文体有了感性而透彻的了解。

中国的传记理论与批评远远落后于传记创作并缺乏系统性。严格意义上的传记创作始于汉代,而传记理论与批评则滥觞于魏晋南北朝时期,且当时只散见于各种文学批评文章、笔记杂谈之中。此后,自唐代至现当代才有以较为系统的面目出现的传记理论与批评,如唐代刘知几的《史通》,清代章学诚的《文史通义》,等等。然而,这些前人遗留的宝贵资料至今却无人做过系统的整理和研究,《发展史》是第一部对此进行了细致的梳理与归纳的著作,它在论述每一时期的传记创作时,专设一节梳理评述该时期的传记理论。例如,在论述明代的传记文学理论时,作者将宋濂对传记创作教化作用的强调、李梦阳的"文其人,如其人"说、李开先的"传如写真说"和"善恶皆备"说、张岱的传记人物"不失真面"说,以及徐师曾的文体明辨说和胡应麟的"史有别才"说等逐一加以评述,从而使明代被湮没的传记文学理论得以重现,这既拓展了该书的范围,使读者对传记文学发展有了更为全面的理解,又为当代传记文学理论的建树提供了丰富的原始资料。

中国现代传记文学的长足发展

> 心灵的极限你总走不过去,无论你走怎样的路,它的深度就如 Logos 一般。
>
> ——〔古希腊〕赫拉克利特

一 出版机构与中国现代传记文学的发展

现代传记文学能在当时狼烟四起的中华大地开辟出一番新景象,除了以胡适为领袖的学界同人对传记的重视、传记创作者的辛勤耕耘之外,出版机构也立下了赫赫功劳。今天的新闻出版业包括报纸、期刊、图书、音像制品、电子出版物在内,但考虑到民国时期的特殊背景,本书的"出版"仅指"书籍或杂志的生产、流通的过程"。本节仅讨论以图书出版为主的出版机构,下一节讨论期刊这种类型的出版物。

1843 年,英国传教士麦都思在上海创办了中国近代第一家出版机构——墨海书馆,1863 年曾国藩创立金陵书局,1897 年商务印书馆在上海创办,商务印书馆集编译、出版和发行于一体,它的创立标志着中国现代出版业的开始。据朱联保《近现代上海出版业印象记》一书记载,上海是中国 20 世纪二三十年代的出版中心。[1] 商务印书馆、中华书局、世界书局、大东书局和开明书店是当时影响力最大的五家出版机构。这些出版机构不乏文化界大人物亲临主持工作,商务印书馆的蔡元培、茅盾、郑振铎,中华书局的陆费逵,世界书局的沈知方,大东书局的董康,开明书店的章锡琛、叶圣陶、郭绍虞、吕叔湘、丰子恺等人,均是当时

---

[1] 朱联保编撰《近现代上海出版业印象记》,学林出版社 1993 年版。

享誉一方的人物。这些出版机构的出版物主要分为社会科学类、哲学宗教类、应用技术、文学、史地、自然科学、语文学、艺术、儿童读物、古籍等，传记作品归属文学或史地，是其中不容忽视的一种。据一平《民国二十四年出版界回顾》一文统计，1935年出版物有二千余种，其中文学作品有 364 种，史地 282 种[①]，共 646 种，而这一年传记图书有 166 种[②]，占文学和史地总和的 25.7%，由此可见传记图书在出版人心目中的地位。

（一）出版传记图书状况分析

系列传记图书成为这一时期传记出版的一个特色。系列传记图书可以是围绕一个主题，如上海世界书局 1929~1930 年出版了古代文人"生活"系列传记和外国名人"生活"系列传记，古代的系列分别是徐蘧轩编著《孔子生活》《诸葛孔明生活》、谢一苇编著《杜甫生活》、胡怀琛编著《东坡生活》《陶渊明生活》、陈其可编著《班超生活》、郑行巽编著《王安石生活》《黄梨洲生活》《顾亭林生活》、胡怀琛著《陆放翁生活》、王勉三编著《王阳明生活》等；外国的系列分别是汪倜然编著《托尔斯泰生活》、朱约昭编著《达尔文生活》、丰子恺著《谷诃生活》、刘麟生编著《墨梭利尼生活》和丘景尼编著《福特生活》等。也可以是围绕一个题材，如 1923 年上海新华书局出版了姜山编的道教"八仙"传记系列——《曹国舅全传》《韩湘子全传》《汉钟离全传》《蓝采和全传》《吕洞宾全传》《张果老全传》《李铁拐全传》《何仙姑全传》。也可以是围绕一个传记种类，如上海第一出版社 1934 年出版了作家系列自传，有《巴金自传》《资平自传》《从文自传》等，又如上海商务印书馆 1933 年出版的年谱系列，有清朝吴荣光编《历代名人年谱》、丁文江撰《徐霞客年谱》、蒋致中编《牛空山年谱》、姚名达编《朱筠年谱》、姚绍华编《崔东壁年谱》等。

---

① 一平：《民国二十四年出版界回顾》，《申报·读书俱乐部》（创刊号）1936 年 1 月 1 日。
② 俞樟华等编撰《中国现代传记文学编年史》（上），浙江大学出版社 2019 年版，第 311~322 页。

热门话题人物传记始终是出版机构喜爱的出版物。1925年孙中山去世，各大出版机构纷纷推出孙中山传记，如上海书店编辑出版《孙中山先生遗言》，广东广州美华浸会印书局出版《孙中山先生遗墨之一》，上海唤群书报社出版徐翰臣著《孙中山全史》，上海民智书局出版高尔松等编著《孙中山先生与中国》，上海三民出版部编辑出版《孙中山评论集》，上海平民书局编辑出版《孙中山》，北京讲武书局出版刘中杭编纂《孙中山先生荣哀录》，中华革新学社编辑出版《孙中山先生荣哀录》，中国国民党松江县（现松江区）党部编辑出版《孙中山先生哀挽录》，上海民智书局出版黄昌谷著《孙中山先生北上与逝世后详情》，中山主义研究社编辑出版、抱恨生校订《孙中山先生逝世周年纪念册》，国立北平政法大学全体学生编辑出版《追悼孙中山先生纪念册》，丹阳民社编辑出版《中山先生特刊》，等等。又如随着电影演员、戏曲演员在社会上热度的提升，各大出版社相继推出相关传记，仅1935年就有京报馆主编出版的《名伶戏装百影》、北平国剧学会出版的齐如山著《梅兰芳艺术一斑》、北平京津印书局出版的徐汉生主编《尚小云专集》、秦公武编辑出版的《梅尚程荀四大名旦论》、上海人美书局出版的沙不器著《五虎辰与王小妹》、上海艺声出版社出版的陈嘉震编《胡蝶女士欧游纪念册》、育新书局出版的何可人著《阮玲玉哀史》、上海千秋出版社出版的夏夜萤编著《阮玲玉本事》、上海神州国光社出版的朱启钤著《女红传征略》等。

将刊登于期刊上的传记结集成书成为这一时期出版机构的常态化操作。如1924年中国科学社编辑出版的《科学名人传》，录自《科学》杂志各篇；1929年上海启智书局出版的卢剑波编《世界女革命家》，录自《自由人月刊》《妇女杂志》《新女性》上刊载过的10篇传记文章；1931年上海良友图书印刷公司出版梁得所辑《成功之路——现代名人自述》，由7篇曾在《良友》上发表过的自述文章构成；1936年上海北新书局出版赵景深著《文人剪影》，汇集作者曾在报刊上发表过的30多篇短文，记述作者对43位中国现代作家的印象。出版社选取一些在刊物上发表过的较有影响力的传记作品结集成书，一方面可以省去约稿的时间，另一方面还可以少一些市场风险。

商务印书馆作为当时出版界的代表,在传记文学出版方面起着领袖作用。我国近代民营出版印刷业中最有影响力的就是商务印书馆,其1897年创建于上海,以出版学校教科书、工具书、古籍、科技书、文艺作品等为主,旗下有二十余种期刊,包括《小说月报》《东方杂志》等著名刊物在内。在刊物出版方面,商务印书馆的出版人有着敏锐的眼光,其因此成为行内的领路者、风向标。以正处于抗日艰苦阶段的1940年为例,长沙商务印书馆出版杨德恩著《史可法年谱》、朱杰勤著《龚定庵研究》等民族英雄传记。之后,受商务印书馆的影响,上海青城书店出版奔流主编《历代民族英雄故事》、湖南省教育厅出版张悠悠等著《民族英雄》、中国国民党江西省党部出版国民政府教育部编《不成功便成仁》(十大忠烈事略)、重庆青年书店出版傅抱石著《文天祥年述》、国学书局出版方觉慧著《明太祖革命武功记》、广西省政府编译委员会出版吴汝柏著《袁崇焕传》、上海大方书局出版郑慧贞编著《秦良玉》、金华国民出版社编辑出版《民族英雄张自忠将军》、广西省政府编译委员会出版重卿著《民族英雄唐景崧传》、福建省政府教育厅出版林肇荓编述《我们的国父》、中国国民党中央执行委员会宣传部编辑出版《国父孙先生年谱》、民团周刊社编辑出版《总理年谱》、香港史社出版王明等著《民族解放先驱瞿秋白》、第六十八军政治部编辑出版《无敌勇士们》、史社编辑出版《民族解放先驱方志敏》、周庄部队政治部编辑出版《新英雄》、上海世界书局出版胡山源编《各地义民遗事》和《各地忠臣遗事》。相较其他出版机构,商务印书馆在这一年最早出版民族英雄传记,且出版数量稳居前列,其在出版行业的领军地位不言而喻。

(二) 出版传记图书特色分析

现代传记文学种类繁多,数量也较为可观,各大出版机构由于自身定位的不同、读者群体的差异,在出版传记时也呈现出一些特色。

第一,具有一定学术性、思想性的传记特别受出版机构的追捧。以评论为主的传记形式,被称为评传,是现代才有的传记体裁,因其独有的史料性、思想性而在20世纪初广受出版机构的喜爱。评传由梁启超在20世纪初开创："20世纪第一个10年，梁启超以极大的兴趣创作了近百万言的传记作品，几乎涵盖了古今中外新旧传记的各种类型；其所开创的中国现代新体评传体式，成为'新文体'家族中社会影响和创作数量仅次于政论的重要品种，构成了'文界革命'创作实绩不可或缺的组成部分，引领了新体传记文创作的时代潮流，带起了一个以报刊为中心的传记文学鼎盛的时代。"① 但梁启超的评传多见于报刊，还未出版图书。

1924年上海开明书店出版的苏联弗里采著、毛秋萍译《柴霍甫评传》是20世纪初较早出版的一部评传，此后至1931年评传图书每年都有问世，但数量有限。1927年上海商务印书馆出版杨鸿烈著《大思想家袁枚评传》、1928年出版陈东原著《郑板桥评传》，1929年上海启智书局出版苏联列宁著、黄剑锋译《马克思评传》，上海联合书店出版邹弘道编译《高尔基评传》，上海春潮书局出版丹麦格奥尔格·勃兰兑斯著、林语堂译《易卜生评传及其情书》。1930年上海神州国光社出版王礼锡著《李长吉评传》和孙席珍编译《辛克莱评传》，上海北新书局出版章衣萍著《黄仲则评传》。1931年上海现代书局出版伏志英编《茅盾评传》、素雅编《郁达夫评传》，上海文艺书局出版钱杏邨（阿英）著《安特列夫评传》。

1932年由上海现代书局掀起了一波出版评传的热潮，此后评传出版逐年增多。1932年，上海现代书局出版李霖编《郭沫若评传》、史秉慧编《张资平评传》。同年，上海神州国光社出版俄国米哈·柴霍甫著、陆立之译《柴霍甫评传》，上海良友图书印刷公司出版沈端先著《高尔基评传》，上海商务印书馆出版罗根泽著《孟子评传》。评传与普通的人物传记相比，需要作者在占有传主翔实生平材料的基础上还有较高的分析能力。诚如钱杏邨（阿英）在《写在安特列夫评传的前面》一文中所指出的："这一部评传，不仅是要介绍这个俄罗斯的主要的作家的一生，并且是想尽可能的指出这些伟大的经验怎样的反映在他的作品里面，以

---

① 胡全章：《梁启超与20世纪初年新体传记的兴盛》，《广东社会科学》2014年第4期。

及他对于这些主要的事件具着怎样的态度。"① 白苇在《"现代"的"评传"》一文中也认为："因为评传，并不和某作家的评论或某作家某类作品的批评相同。它是作家的生活与作品的交织。从作家的生活里，它的作者发现了某作家某作品产生的缘由，同时又从某作家的作品里，发现了某作家的生活，某作家的时代，以及某作家在他的时代里的文学地位。"② 由此可见，创作文学家的评传不仅需要写出传主的一生，还需要对他的作品有较深入的研究，从而发现作家与作品创作之间的内在关系，这样才可以真实地评论传主的人生与作品。

除了评传，年谱、史料汇编等具有较强学术性的图书也非常受出版机构的青睐。以1935年为例，上海商务印书馆先后出版了钱穆著《先秦诸子系年考辨》，孙文青著《张衡年谱》，日本铃木虎雄著、马导源编译《沈约年谱》，庄鼎彝纂录《两汉不列传人名韵编》，鼎澧逸民撰、朱希祖考证《杨么事迹考证》，法国Paul Pelliot著、冯承钧译述《郑和下西洋考》，马导源编《吴梅村年谱》，魏应麒编《林文忠公年谱》。同年，上海开明书店出版二十五史刊行委员会编《二十五史人名索引》，北平哈佛燕京大学引得编纂处出版田继综编《八十九种明代传记综合引得》，北平朴社出版顾颉刚编《古史辨》第5册，内收青松《刘向、歆父子年谱》、谢扶雅《田骈与驺衍》等文，北平来薰阁书店出版李春坪辑著《少陵新谱》，上海大东书局出版清人顾栋高辑、沈卓然校点《王安石年谱》，国立武汉大学出版日本羽田亨著、何健民译《元代驿传杂考》，无锡国学专修学校学生会出版唐文治著《茹经先生自订年谱》，中国国民党浙江省党部编辑出版《孙中山先生年谱》，长沙岳麓书社出版无名氏编《何键祸国卖国史料》第2册，哈佛燕京学社出版顾廷龙著《吴愙斋先生年谱》，等等。这些图书或具有考证性，或具有史料性，都有较高的研究价值，深受学术界同人的喜爱。

第二，具有普及性、教育性的传记也受到出版机构的垂青。深受西

---

① 钱杏邨：《写在安特列夫评传的前面》，《安特列夫评传》上海文艺书局出版1931年版，第1~2页。
② 白苇：《"现代"的"评传"》，《新月》第4卷第3期，1932年，第6页。

方文化熏陶的五四新文化运动干将将文化的普及教育视为自身的使命，受此影响，一批具有社会责任意识的出版机构也将普及性读物、具有教育意义的书籍的出版作为自身的使命。杨华同在《论教育传记》中指出："'教育传记'是我们独撰的名词，我们欲以之作为儿童读物的一种。儿童读物是以儿童教育为对象的文学创作，它不仅要经作者智慧的陶冶，而且经过教育价值的审定，并根据心理学法则而创造的读物。换言之，儿童读物不仅是良好的作品，而是良好作品中且具教育价值者（内容的方法上的价值）。"[1] 传记在当时有识之士的眼中无疑是很好的教育工具。

除上海儿童书局、时代儿童月刊社、中学生书局、上海少年出版社、民族解放青年出版社、重庆青年出版社、南京青年出版社、青年协会书局、上海新教育出版社、香港进步教育出版社、晋绥边区吕梁文化教育出版社等儿童类或教育类出版机构外，其余出版社也热衷于出版具有普及性或教育意义的传记。以1933年为例，上海儿童书局出版章衣萍著《孔子》《关云长》《陶渊明》，章衣萍、吴曙天著《王阳明》，章衣萍、吴曙天编著《孙中山》等。上海商务印书馆出版何炳松编《秦始皇帝》，孙毓修原编、陈倩如改编《班超》，孙毓修原编、郭箴一改编《岳飞》，储祎编辑、徐应昶校订《林则徐》，美国海伦克勒著、高君韦译《盲聋女子克勒氏自传》等十余部图书。上海新生命书局出版李克家编《张謇》、陈子展著《马援》、陈子展编《林则徐》、易君左著《文天祥》等作品。上海广学会出版美国A. Wallace著、明灯报社编译《青年成功小传》，明灯报社编《近代人物》，葛克兰著、刘美丽译《功成名就的妇女》。上海勤奋书局出版蒋槐青编著《邱飞海网球成功史》《林宝华网球成功史》。上海开明书店出版美国杜兰著、杨荫鸿、杨荫渭译《古今大哲学家之生活与思想》。上海中学生书局出版黄建业著《中学生科学家》，上海新中国书局出版刘虎如编译《开辟新世界的故事》，上海亚东图书馆出版陆侃如著《屈原》，上海少年书局出版卢冠六编《自学成功者》，上海女子书店出版Clement Wool著、林仁雪译《女伟人的故事》，

---

[1] 杨华同：《论教育传记》，《学生杂志》第23卷第5期，1946年，第31页。

上海世界书局出版英国金斯莱著、席涤尘译《希腊英雄传》，上海寰球中国学生会出版伍连德著《中国的早年旅行家》，北平文化学社出版贾逸君编著《中华民国名人传》上下册，济南银河歌剧社出版爱梨上人编《梨园花絮记》、银河歌剧社编《名伶明星美丽影》，上海民众教育研究社出版卢元石编辑《党国烈士》，等等。这些作品或是普及性读物，给读者介绍古今中外名人，如《孔子》《王阳明》等；或是通过树立人生的偶像，启迪困境中的人们怎么冲破生活的重重阻碍迈向成功，如《自学成功者》等。1929年，上海广学会出版贾立言、谢颂羔编《世界人物》。编者在"小言"中谈到编写本书的目的，"要鼓励现代的青年们去仿效世界的善人和完成他们的事工"，"用最新最有趣的方法，来引领青年们归到真理与自由之路"。并且他们认为："故事与传记是教育家最好的二大工具，用他们去发展青年的天才——想象力好奇心与模仿等的习惯——是最会奏成效的；而且人格的造成，更靠着有伟大而慈良的人格来作我们的模特儿。"[①] 由此可见传记作品教育意义之重大。

第三，具有革命性、反抗性的传记也受到出版机构的青睐。五四运动以来的中国内忧外患，饱受欺凌，文学界人士渴望用手中的笔呼吁人们去战斗、去抗争，推翻旧社会建立新中国，传记也承载着这一使命。1949年之前，孙中山传记出版有六七十部，从这亦可见出版机构对革命者的喜爱程度。翻译作品中具有革命精神的人物传记也深受出版机构的喜爱。例如，一些沙俄、苏联的具有革命精神的文学家传记被反复出版。1925年耿济之著、小说月报社编辑的《俄罗斯四大文学家》由上海商务印书馆出版，该书介绍果戈理、屠格涅夫、列夫·托尔斯泰和陀思妥耶夫斯基等4位俄国作家的生平与创作，他们的作品无情地揭露了沙皇统治下的不合理社会制度和社会的丑恶现象，同时，对贫苦人民予以深切的同情。此后，这四位作家的个人传记被多家出版社出版，如1929年上海大东书局出版郎擎霄著《托尔斯泰生平及其学说》，上海世界书局出版汪倜然著《托尔斯泰生活》，上海华通书局出版黄源编《屠格涅夫生平及其作品》，1930年北京商务印书馆出版法国莫罗斯著、吴且冈译

---

① 贾立言、谢颂羔编《世界人物》，上海广学会1929年版，"世界人物小言"第2页。

《屠格涅夫》，等等。此外，如 1927 年北京商务印书馆出版的日本生田长江、本间久雄著，林本、毛咏棠、李宗武译《社会改造之八大思想家》，上海民智书局出版的革命纪念会编辑的《红花冈四烈士传》，1929 年上海启智书局出版的卢剑波编《世界女革命家》，上海平凡书局出版的高希升和郭真著《社会运动家及社会思想家》，上海江南书店出版苏联李阿萨诺夫著、李一氓译《恩格斯马克思合传》，1930 年上海北新书局出版的日本守田有秋著、杨骚译《世界革命妇女列传》等，均是为革命者、反抗者书写的传记作品，这些作品在当时所具有的作用是不容忽视的。

二 期刊与中国现代传记文学的发展

现代传记文学的发展与出版机构的鼎力支持息息相关，除图书出版外，期刊出版也功不可没。自五四新文化运动起，《新青年》《每周评论》《东方杂志》等刊物就在革命浪潮中积极发挥着宣传鼓动的作用。各类期刊如雨后春笋般纷纷成立，仅五四新文化运动后的两年间，就有 400 多种刊物横空出世。这些刊物中，既有政治性刊物，如学生和进步社团创办的《全国学生联合会报》《湘江评论》等，也有学术性刊物，如《新民国》《读书杂志》等。各类文化团体和文学期刊也日益增加。如文学研究会创办的《小说月报》《文学周报》《文学旬刊》等，创造社创办的《创造》《洪水》等。鲁迅、茅盾等文学巨匠均投身于期刊的创办中。一些大型报刊的文艺性副刊不仅设有专栏以发表文学作品，而且设有周刊、特刊等刊载文学作品，如天津的《新民意报》就创有《星火》《诗坛》等 10 种副刊。期刊对推动现代传记文学的发展做出了积极的贡献。

（一）期刊登载传记作品状况分析

期刊登载传记作品时，在作家的选择上，不仅有文化名人，也有初出茅庐的文学青年，甚或是无名之辈。1919 年，胡适的《李超传》发表在《新潮》第 2 卷第 2 号上，他的《许怡荪传》发表在《新中国》第 1

卷第4期上。作为学术界泰斗、五四新文化运动领袖人物，胡适对传记文学的发展做出了巨大贡献。1921年《小说月报》第12卷第2号、第3号、第4号、第6号、第11号分别发表了沈雁冰创作的《波兰近代文学泰斗显克微支》《西班牙写实文学的代表者伊本讷兹》《脑威现存的大文豪鲍具尔》《十九世纪末丹麦大文豪约柯伯生》《略志匈牙利戏曲家莫尔纳的生平及其著作》。同年，《小说月报》第12卷号外《俄国文学研究》上发表了沈雁冰《近代俄国文学家三十人合传》，文章介绍了绍莱芒托夫、格列鲍依杜夫等30位俄国文学家的事迹。沈雁冰1920年任《小说月报》主编，是文学界颇具影响力的人物。谢六逸是中国现代史上卓有成就的翻译家、文学家、新闻学家，于1919年10月发表了第一篇译作，译自托尔斯泰的短篇小说《长期徒刑》，1922年《小说月报》第13卷第3号发表了他的《屠格涅甫传略》，此时的谢六逸还只是学界冉冉升起的一颗新星，但当时颇负盛名的《小说月报》还是刊载了他的作品。1922年，由大东书局创办、包天笑主编的《星期》第13期发表钮醒我的《一个新郎的自述》，第26期发表罗独清的《一个接生婆的自述》，这两个作者都是无名之辈。

　　期刊在传主的选择上，既有大人物，也有小人物。传记创作钟情于选择知名人士是天然的，一方面知名人士往往人生经历丰富，值得书写；另一方面，读者也对知名人士更感兴趣。以1932年为例，受"九一八"事变影响，具有革命精神的苏联作家广受人们关注。以高尔基为描写对象的传记在各大期刊刊登。《文学月报》第1卷第4期发表苏联吉尔波丁作、绮影译《伟大的高尔基：创作四十年纪念》和沈端先《高尔基年谱》，《文学月报》第1卷第5、6期合刊发表苏联卢那察尔斯基作、沈起予译《高尔基与托尔斯泰》和林琪《高尔基和工人作家的谈话》。《小说月报》第1卷第2期发表孟斯根《高尔基的托尔斯泰碎描》。《青年界》第2卷第3期发表方天白《高尔基的两个新计划及其他》。《文化月报》第1卷第1期发表鲁迅等人的《高尔基的四十年创作生活》。同年，其他国内外著名人物，如国外的果戈理、契诃夫、萧伯纳、歌德、莎士比亚、司各特、菊池宽、罗曼·罗兰等人，或是国内的杜甫、徐志摩、柳亚子、许钦文、冰心、巴金、郭沫若、陈独秀等人,也纷纷成为被撰写的对象。不唯大人物,那些挣扎于社会底层的民众也成为传记写作的对象。1932年《青年界》第2卷第1期发表了一组自传《一个穷苦青年的经历》,作者分别是激厉、杜宓耳、雪六、青子、陈参、山羊和秦女,这是一组春季征文稿,这些传主都是来自大众的"小人物"。

期刊在传记种类的选择上,既有他传也有自传,既有墓志铭也有评传,既有回忆录也有年谱。现代传记文学从古代传记转型后虽发展时间不长,但在种类上却很丰富。传统的墓志铭、行状、传赞依然常见于期刊,例如《海潮音》1922年第3卷第7期刊载王邕《中华民国故李居士墓碣》,1925年第6卷第2期发表释显荫《包母冯宜人传赞》。《华国月刊》1924年第1卷第5期发表章炳麟《清故腾越镇中营千总李君墓志铭》、黄侃《王孺人墓表》。《清华文艺》1925年第1卷第2期刊登梁启超的《亡妻李夫人葬毕告墓文》。年谱、年表在这一时期也频频见刊。《晨报副刊》1919年12月1日发表郭绍虞的《马克思年表》,《民铎杂志》1922年第3卷第5期刊载陈兼善《达尔文年谱》,《努力周报》1922年第31期、33期、34期、38期、39期、45期、47期和52期,以及1923年第38期、39期、45期、47期和52期连载胡适的《吴敬梓年谱》。人物访谈录、回忆录也时有见刊,如《解放与改造》1920年第2卷第16期刊载枕江《日人德富苏峰访托尔斯泰记》,《青年界》1934年第6卷第4期发表姜华《回忆到庐隐》。口述传记也有不少,如《剧学月刊》1933年第2卷第5期发表曹心泉口述、邵茗生笔记《前清内廷演戏回忆录》,《宇宙风》1947年第152期发表李福林口述、莫纪彭笔撰《我夥劫协领衙门经过:自传之一章》。具有学术意味的评传也很受期刊喜爱,如《小说月报》1923年第14卷第11期刊载耿济之译《阿史德洛夫斯基评传》,第14卷第12期刊载郑振铎《一九二三年得诺贝尔奖金者夏芝评传》,《文艺旬刊》1923年第13~17期连载游国恩《司马相如评传》。

期刊在刊载原创传记的同时,也刊登传记翻译作品。在胡适、郁达夫等人的倡导下,这一时期各大期刊刊登的原创传记数量是惊人的。以1934年的《青年界》为例,原创传记有29篇,以著名文人的作品为主,如阿英的《柴霍甫的文学生活》《柴霍甫的写景文》、钟敬文的《郁达夫先生底印象》、鲁迅的《忆刘半农君》、蔡元培的《刘半农先生纪念：刘半农先生不死》、苏雪林的《周作人先生研究》等。也有一些文坛新秀的作品，如徐霞村的《刘半农先生纪念：半农先生和我》、顾凤城的《忆朱湘》等。在五四新文化运动"全盘西化"和"拿来主义"的影响下，20世纪初的中国文坛对外国文学有着一种发自内心的仰慕和崇拜，出现了大量翻译作品。据阿英《初期的翻译杂志》一文所载，中国纯粹翻译的期刊以1934年《译文》为确始，此前在清末就已出现了专载翻译文字的期刊，分别是1897年创刊的《译书公会报》、1900年创刊的《译书汇编》、1901年创刊的《译林》、1901年创刊的《励学译编》和1902年创刊的《游学译编》。20世纪初期专门刊登译作的期刊虽然不多，但普通期刊也刊登了大量被翻译过来的传记作品。以1921年《戏剧杂志》为例，一共刊登了4篇传记作品，其中3篇是直接翻译的，分别是英国名优彭尼士作、汪仲贤译《英国名优菲尔泼士（Samuel Phelps）事略》（第1卷第1期），《英国名优亨利欧文事略》（第1卷第4期）和《英国名优麦须士（Charles Mathews）事略》（第1卷第5期），另一篇是周学普译述的《剧作家的耶支》（第1卷第6期），属于译介作品。又以1928~1929年的《文学周报》为例，一共刊登了36篇传记作品，其中6篇是直接翻译的传记作品，分别是英国王尔德作、杜衡译《没有隐秘的斯芬克斯》（第301~325期），日本永见德太郎作、黎烈文译《芥川龙之介氏与河童》（第323期），美国Long作、露明译《文学家之富兰克林》（第301~325期），俄国尼古拉涅宁作、胡剑译《托尔斯泰论》（第333、334期合刊），俄国蒲宁作、徐霞村译《怀托尔斯泰》（第326~350期），俄国托我斯泰编《托尔斯泰日》（第326~350期）；有关外国文学家的译介一共有10篇，分别是博董《勃莱克是象征主义者么》（第307期）、《浅薄得可笑的哈娜》（第310期）、《勃莱克确是浪漫主义者：示可怜的哈娜》（第325期）、《戴万叶的翻译小说》（第329期）、《缠不清的托尔斯泰》（第333、334期合刊）、《高尔基著作年表》（第347期），朗山《哈代死后琐记》（第314期），赵景深《罗亭型与俄国思想家》（第321

期)、《哈代逝世以后》(第 302 期),老汪《杂谈托尔斯泰》(第 333、334 期合刊),由此可见翻译传记作品在现代传记史上的地位。

期刊在刊载传记作品的同时,也刊登传记理论。现代传记文学之所以能稳步发展,与传记理论的"辅佐"是分不开的。胡适、郁达夫、茅盾等传记创作者均热衷于发表传记理论。胡适是第一个提倡"传记文学"概念的,郁达夫先后写过《传记文学》《什么是传记文学?》。《文学》1933 年第 1 卷第 5 期刊登茅盾《传记文学》的文章,认为独立于历史的传记文学在中国文坛还没有出现过。历代文集中的传记都说不上有文学价值。半殖民地半封建时期的中国有所谓的人物传记,"即也不过是家谱式或履历单式的记载","不配称作传记文学"。

现代传记史上朱东润发表的传记理论批评数量是比较多的,而刊发这些传记理论的刊物也为数不少。《星期评论(重庆)》1941 年第 15 期发表《关于传叙文学的几个名辞》,《学林》1941 年第 8 期发表《中国传叙文学的过去与将来》,《文史杂志》1942 年第 1 期发表《传叙文学与人格》,《东方杂志》1943 年第 17 期发表《论自传及法显行传》,《中学生》1943 年第 66 期发表《传叙文学底前途》,《读书通讯》1944 年第 100 期发表《论序传文学底作法——兼评南通张季直先生传记》,《国文月刊》1944 年第 28~30 期发表《张居正大传序》,《中央周刊》1946 年第 8 卷第 2~3 期发表《传叙文学底尝试》,《正气杂志》1946 年第 5 期发表《为什么我要提倡传叙文学》,《学识半月刊》1947 年第 2 卷第 2~3 期发表《传叙文学底真实性》,《文化先锋》1947 年第 6 卷第 24 期发表《我为什么写"张居正大传"》,等等。这些传记理论在当时颇具影响,例如朱东润创作了《张居正大传》,而他所写的《张居正大传序》一文,认为西方传记文学经过三百年来不断的发展,在形式和内容方面,起了不少的变化,由此思考中国传记文学应该走怎样的路线?"中国所需要的传记文学,看来只是一种有来历、有证据、不忌繁琐、不事颂扬的作品。至于取材有抉择,持论能中肯,这是有关作者修养的事。"① 随后,作者还谈到了自己创作《张居正大传》的一些思考。这篇序显然对于当时传

---

① 朱东润:《张居正大传》,陕西师范大学出版社 2009 年版,第 8 页。

记文学的创作是有着引领性质的。

此外,《教与学》1935 年第 1 卷第 4 期发表的陈训慈《民族名人传记与历史教学》,《学校生活》1935 年第 98 期发表的易如《谈传记文学》,《中国青年(重庆)》1939 年第 1 卷第 5~6 期发表的陈友三《青年与传记》,《读书通讯》1940 年第 4 期发表的许寿裳《讲座:谈传记文学》,《学术季刊》(文哲号) 1942 年第 1 卷第 1 期发表的林国光《论传记》,《中国建设》1945 年第 1 期发表的湘渔《新史学与传记文学》,《中央周刊》1946 年第 8 卷第 2~3 期、第 4 期、第 5 期分别发表的朱晨《我生平所最爱读的书:传记》上中下三篇,《学生杂志》1946 年第 5 期发表的杨华同《论教育传记》,《新时代月刊》1946 年第 6 期发表的刘锡基《传记文学之建立》,《世界文艺季刊》1946 年第 1 卷第 4 期发表的杨振声《传记文学的歧途》,《文艺春秋副刊》1947 年第 1 卷第 2 期发表的伯奋《关于文学家传记电影》,《东方杂志》1948 年第 8 期发表的汤钟琰《论传记文学》,《人物杂志》1948 年第 2 期发表的寒曦《现代传记的特征》和 1949 年第 4 卷第 1 期发表的《人物专论:如何选择传记人物》等论文,都是当时重要的传记文学理论文章,这些期刊对现代传记理论的发展做出了很大的贡献。

(二) 期刊登载传记的意义

期刊通过刊登传记文学实现其促进社会进步的使命。阿英在《传记文学的发展——辛亥革命文谈之五》中说:"传记文学的发展,在当时几乎成为绝大多数革命刊物不可缺少的部门。采用这种文学形式来宣传,也正适应了民族革命和爱国主义宣传工作的需要。"[①] 显然,传记文学承载着革命宣传、爱国主义宣传的使命,而期刊使这一使命得以实现。期刊通过传记文学介绍国内外著名文学家及其创作,由此实现现代文学的革新。如《创造》1923 年第 1 卷第 4 期是"雪莱纪念号",发表了徐祖正《英国浪漫派三诗人——拜伦、雪莱、箕茨》、郭沫若《雪莱的诗》《雪莱年谱》。《小说月报》仅 1921 年茅盾开始改革至 1932 年因淞沪战

---

① 阿英:《传记文学的发展——辛亥革命文谈之五》,《人民日报》1961 年 11 月 10 日。

争停刊的12年间,就译介了来自39个国家的200多位作者的800余篇作品。且《小说月报》用专号的形式大规模翻译介绍了世界著名的作家、作品,如俄国文学研究专号、法国文学研究专号、泰戈尔专号、拜伦专号、安徒生专号、芥川龙之介专号等。以《小说月报》1924年第15卷第4号"拜伦专号"为例,这期发表了西谛《诗人拜伦的百年祭》、樊仲云《诗人拜伦的百年纪念》、汤澄波《拜伦的时代及拜伦的作品》、希和《拜伦及其作品》、赵景深译《拜伦评传》、张闻天译《勃兰兑斯的拜伦论》、王统照《拜伦的思想及其诗歌的评论》《拜伦在诗坛上的位置》《拜伦的个性》、甘乃光《拜伦的浪漫性》、子贻《日记中的拜伦》,以及日本小泉八云作、陈镈译《评拜伦》等一组有关拜伦的传记作品,是当时学界研究拜伦的重要成果。

期刊通过传记文学介绍国内外著名革命家和革命文学作品,由此实现思想的革新。革命家传记成为期刊青睐的对象。《星期评论》1920年1月1日第31号发表德国威廉·里布烈希著、戴季陶译《马克斯传》,《改造》1920年第3卷第3号发表天放创作的《近代女社会改造家顾路蛮女士传及其思想》,《新中国》1920年第2卷第2期发表陈无我《俄罗斯革命祖母小传及手书》,天津《华北新闻》1922年1月20日~22日副刊《微明》发表李特《李卜克内西传》,《向导周刊》1924年第52期发表刘仁静《悼列宁》,《民国日报》副刊《觉悟》1924年6月8日至12日发表赵世炎《列宁》。李特在《李卜克内西传》一文中说:"李卜克内西底伟大,使他革命的精神永远不死了。"作者宣扬的就是李卜克内西推倒德意志帝国政府,建立无产阶级专政国家的革命精神。革命文学家、艺术家传记也是期刊上的"宠儿"。《创造周报》1923年第16期发表郁达夫《赫尔惨》,这是一部赫尔岑的传记,文章说:"关心于俄国革命,抱有无政府主义,主张以破坏为第一义的现代的青年,当不能忘记先觉者赫尔惨的事业。"[①]《创造月刊》1928年第2卷第3期发表苏联伊理支原作、嘉生译《托尔斯泰——俄罗斯革命明镜》,《红旗》1929年第10期发表一苇《纪念建立无产阶级国家的列宁》,《北新》1930年第4卷第

---

① 郁达夫:《赫尔惨》,《创造周报》第16期,1923年,第11页。

4~5期发表黄人岚《革命艺术家杜弥爱的生涯及其艺术》。正如恽代英在《假期中做的事》一文中所说："看中外历史上伟人的传记。最好是注意革命的伟人。再则大政治家、大社会运动家的生平，亦可以看。这只当是看小说，然而从这中间，我们可以受那些伟人的感动，使我们更勉励向上。再则从这些传记中，我们亦可以知道许多历史的事情。"①

现代期刊不仅刊载文学家、艺术家、革命者等人物的传记，也将目光投向了底层群众。期刊通过传记文学介绍社会底层大众的艰苦生活，由此推动社会的革命进程。仅以《现代妇女》为例，该刊从1943年创刊至1949年查封停刊，共发表109篇中国近代人物传记。其中有政治人物、革命家、抗战英雄、作家、记者、演员、实业家、医生、教师等，也有普通职员、学生、女工、家庭妇女等"小人物"。②这些"小人物"在动荡不安的局势下的生活困苦不堪，如《现代妇女》1943年第1卷第3期发表的陈红藻《一个家庭妇女的自述》、第1卷第5期发表的徐英《一个女工的自述——我的希望就这样完了吗?》、第2卷第4期发表的文《我就是这样被挤出工厂来的》等，均是底层人生的真实写照。除了《现代妇女》外，其余刊物也有对"小人物"的写照，如《生活教育》1934年第1卷第18~21期发表的沈翼飞《小皮匠的自述》、《农业进步》1934年第2卷第12期发表的张少山《养鸡得失经过的自述》、《玲珑》1937年第7卷第9期发表的莫怀珠《一位贤妻良母主义的生活自白》、《国讯》1937年第162期发表的乃英《读者园地：罢工期内一女工的日记》、《中药职工月刊》1948年第1卷第10期发表的杨慕文《一个学徒的自述》等。这些普通人物的坎坷人生反映了当时社会的黑暗，也不断呼吁人们加入革命的队伍推翻旧社会。

期刊作为现代文学发展必不可少的载体，对现代传记文学的发展也做出了极大的贡献，且意义十分深远，远不止刊载文学作品那么简单。清末民初的刘师培创作有《崔述传》《四川都督丁公墓志铭》《前四川彭

---

① 恽代英：《假期中做的事》，《中国青年》第13期，1924年。
② 于翠艳：《现代妇女杂志有关中国近代人物传记的研究》，姜义华、梁元生主编《20世纪中国人物传记与数据库建设研究》第2辑，上海书店出版社2015年版，第371页。

山县知县康君墓志铭》等传记作品,刘鹏超对此分析道:"从1904年到1909年这五年刘师培发表的传记作品中,我们看到了他思想轨迹的变化,从激烈的宣传革命思想,到宣扬国粹思想,提倡保存国粹,刘师培在近代学术变迁中走出了一个变换的'多面体'。"① 诚然,在文学家创作的传记中可以清晰地发现作者思想轨迹的变迁,同理,从期刊刊载的传记文学作品中也能清晰地感受到它的社会使命意识所在。

三　中国现代传记文学序文研究

序文作为说明书籍著述出版缘由、意图,或编次体例、作者情况、全书重点等内容的文字,历来备受文人的重视。"序"往往放在正文之前,其名称可以是"叙""引""序言""前言""引言""自序""代序""后序"等,均是性质相同的一类文字。序文一般分为作者自写、他人代写或译者书写三类。现代传记文学作品也多有序文,本节试图通过研究这些序文,厘清作者创作或翻译、出版传记的缘由、经过、旨趣和特点,进而对现代传记文学的发展有更清晰的了解。

(一)现代传记文学中序文的主要内容

序文作为一种文体,其本身承载着叙述创作缘由、经过,概括书籍内容、旨趣,介绍体例、特点等功能。综观现代传记文学的序文,可以将序文的内容归为以下五类。

一是对立传缘由的介绍。传记不同于小说、诗歌、散文,在现代文学史上属于"小众"文学,为什么要创作这种文体的文学对当时的作家、译者来说确实值得解释一番。罗根泽著《孟子评传》的"自序"说:

> 史公于孔子为《世家》详记言行,于孟子则仅与诸子共传,寥寥百余言,略而且误。赵氏《题辞》,亦未详叙。后儒纷纷稽讨,

---

① 刘鹏超:《从革命思想到国粹思想——刘师培传记作品研究》,《唐山师范学院学报》2015年第4期。

或为《年谱》，或为《考略》，或为《传纂》，于是其行实略历，粗可考见。然孟子生卒，古籍不载，确定年月，势不可能。《年谱》之作，亦云荒矣。《考略》之流，又病割裂。《传纂》善矣，而今所传者，多载《外书》荒谬之言。《列女》《韩诗》附会之说，至其道术政论，游仕大端，反阙焉，斯所谓倒植者也。根泽幸生后世，得窥魁儒硕士之所考订，参验比较，曲直见而史实出焉。愚不自揣，以暇时草为《别传》。①

罗根泽认为，相对于为孔子所作之传，司马迁为孟子所作之传过于简略。此后人们写的孟子传记类作品都不够好，或如《年谱》般荒诞，或如《考略》有割裂之嫌，而他本人得以参看较为详尽的资料，因此写了评传。又如汤中著《梁质人年谱》，"自序"说：

近人所编之《清史稿》，有《梁质人小传》一篇，寥寥数行，不知所云。盖以王源所撰《怀葛堂文集序》，及质人《送张方伯赴山海关序》，为其作传之蓝本。随意剽集，杂凑成文，绝无传记之价值。（见《清史列传七十·文苑传一》）嗣见日本内藤虎博士所著《质人年谱》，约略翻阅，颇称完善。而编按之，缺漏错误，屡见叠出。其最著者，对于谱主，不辨生卒年代，及失记系狱之大事。至以江西清江之鹿渚，误认为河南之鹿邑，尤为缪妄。余始而详校质人文集，继而博览其师友之著述，及各种方志中之列传，所搜材料，愈积愈多，不忍弃置，遂下笔编次，此即余作此年谱之缘起也。②

汤中认为《清史稿》中的梁质人传记过于简略，且材料随便拼凑，没有传记价值，而日本内藤虎博士所著《质人年谱》错误较多，因此他想写一本材料完善且真实的年谱来弥补不足。由此可见，作者认为以往传记写得不够好是其创作的主要动因，这类传记往往集中于传主是古人，

---

① 罗根泽：《孟子评传》，商务印书馆1932年版，"自序"第1页。
② 汤中：《梁质人年谱自序》，《国闻周报》第10卷第18期，1933年，第2页。

已有较多的传记诞生，但或在材料上或在写法上不令人满意的情况，因此作者想要创作新传记以弥补不足。

郎擎霄在《托尔斯泰生平及其学说》的"自序一"中说："国人知托氏颇早，近十年来更为风行，刊其译传者有之，译其专著者有之，译其短篇者有之，其他零篇移译，或发为论著者，亦所在多有。顾于托氏思想之全部，为概要之绍介，卒不可见。"①郎擎霄认为中国学界近十年对托尔斯泰作品的翻译虽然有之，但对其思想进行全面研究、介绍的作品并没有，这是他创作该传的原因。张钰哲节译美国天文学家布拉希尔自传《白拉喜尔自传》，该书"原著者自序"说：

> 在过去五年中，许多挚友总劝我把平生事迹的回忆，叙述下来，以便付印，而且我曾经对其中一人发誓必定要做这件事。现在美国机械工程师学会又来命令我把它写好。这班学有专长的会众既然推举我做个名誉会员，便是将我列于那些名师大匠之林，就使我为他们执履，都不免有些愧色。所以他们命令我写这篇自传，实在是再也不能推辞了。②

布拉希尔在众多友人，包括美国机械工程师学会的劝导下创作了自传。因此，填补空白无疑也是作者创作或翻译传记的缘由。

二是交代传记主要内容。大部分序文，尤其是自序一般都会交代传记的主要内容，这可以使读者迅速了解该书的主旨大意以确定阅读与否。胡适著《四十自述》，自序中交代了该书的主要内容："这四十年的生活可分作三个阶段，留学以前为一段，留学的七年（一九一〇——一九一七）为一段，归国以后（一九一七——一九三一）为一段。我本想一气写成，但因为种种打断，只写成了这第一段的六章。现在我又出国去了，归期还不能确定，所以我接受了亚东图书馆的朋友们的劝告，先印行这

---

① 郎擎霄：《托尔斯泰生平及其学说》，大东书局1929年版，"自序一"第1页。
② 〔美〕W. L. Scaife 编辑《白拉喜尔自传》，张钰哲节译，商务印书馆1937年版，"原著者自序"第1页。

几章。"① 在这里,胡适概括了他的传记的主要内容,以便于读者阅读之前对传记有一个总体的了解。王名元著《传记学》并在序中将该书五章内容逐一介绍。② 李季《马克思传及其学说自序》对《马克思传及其学说》的内容也予以叙述:"因此本书特分为上下两编,上编为马克思传,兼述其重要著作的大要,下编则专对于他的各种学说作一有系统的记述,并且加以批评。"③ 因此,交代书本的主要内容是序文的普遍功能。

三是对立传目的的阐述。罗根泽著《孟子评传》的"自序"说:"冀使世人无论习孟书与否,籀此一文,即能略悉孟子之人格学问及事略之大概。"④ 从罗根泽的这句话中,可以发现该书具有的普及性读物性质,不论之前是否读过孟子的作品,罗根泽都希望读了他的评传之后,人们能大略知道孟子的人格学问,以及孟子一生的概貌。胡适编著《章实斋先生年谱》,在"序"中,胡适也自言对以往章实斋年谱的失望,因此"我决计做一部详细的《章实斋年谱》,不但要记载他的一生事迹,还要写出他的学问思想的历史"⑤。在胡适看来,年谱作为传记的一种形式,不仅仅要让人们了解传主的生平,还要让人们能洞悉传主学问思想的历史发展脉络。梁启超《李鸿章传·序例》说:"此书全仿西人传记之体,载述李鸿章一生行事,而加以论断,使后之读者,知其为人。"⑥显然,让世人能清晰了解传主的生平、思想是创作传记的一大目的。

西谛在《中国文学者生卒考序》中谈到他创作《中国文学者生卒考》一书的目的:"这种工作,不惟是利己,而且是利人;不惟为一时检阅的便利计,而且足以供将来编纂中国文学史的一种资料。"⑦ 该书以为后来研究者提供便利之用为目的,因此提供传主材料给世人也是创作传记的一个目的。张君劢著《耶宛哈拉·尼赫鲁传》,作者"自序"中

---

① 胡适:《四十自述》第一册,亚东图书馆1947年版,第4页。
② 王名元:《传记学》,国立中山大学出版组1938年版。
③ 李季:《马克思传及其学说自序》,《新青年》第3期,1924年,第96页。
④ 罗根泽:《孟子评传》,商务印书馆1932年版,"自序"第1页。
⑤ 胡适、姚名达:《章实斋先生年谱》,商务印书馆1929年版,"胡序"第2~3页。
⑥ 梁启超:《李鸿章传》,东方出版社2009年版,第1页。
⑦ 西谛:《中国文学者生卒考序》,《文学旬刊》第101期,1923年。

说："所以写此文，非徒为欢迎尼氏，所以使民族解放之为人之峻伟芬芳，普及于四万万人之心目中，而益知所以自励，兼以增进两民族互相之了解焉。"① 作者希望通过尼赫鲁的光荣事迹鼓励那些为民族解放而奋斗的人。严济宽编著《中国民族女英雄传记》，唐兰在"序"中说："读此书者，缅怀前烈，其亦有攘臂而起者乎？"② 显然，通过创作传记来鼓舞人心也是传记创作的一大目的。

四是对成书过程的介绍。郎擎霄的《托尔斯泰生平及其学说》"自序"言："余从事研究托氏学说有年，每得一言，辄记而录之。举凡关于氏说之大要，靡弗搜集殆尽，零碎之稿，几已盈箧，兹于公余之暇，特检出辑之，以成是书。"③ 郎擎霄自言从事托尔斯泰研究多年，每有心得就记录下来，凡是有关托尔斯泰的言论都已搜罗殆尽，因此创作出了该书。梁启超等编著《中国六大政治家》，梁启超在《王荆公传·自序》中说："于是发愤取《临川全集》，再四究索，佐以宋人文集笔记数十种，以与《宋史》诸志诸传相参证；其数百年来哲人硕学之言论足资征信者，籀而读之，亦得十数家。钩稽甲乙，衡量是非，然后叹吾畴昔自谓能知荆公、能尊荆公者，无以异于酌潢潦之水，而以为知海；睹瓮牖之，明而以为知天也。而流俗之诋諆荆公、污蔑荆公者，益无以异于斥鹦之笑鹏、蚍蜉之撼树也。不揣寡陋，奋笔以成此编。"④ 梁启超详细研究了与王安石相关的各种材料，才创作了传记。朱东润《张居正大传序》中详细叙述了自己创作《张居正大传》的过程，先是写作目标的确定，即"决定实地写一本传记"，然后是解决写作形式的问题。作者认为"中国所需要的传记文学，也许只是一种有来历、有证据、不忌繁琐、不事颂扬的作品。至于取材有抉择，持论能中肯，这是有关作者修养的事"。接着是选择一个传主。"只能从伟大人物着手……最后才决定了张居正。中国历史上的伟大人物虽多，但是像居正那样划时代的人物，实在数不上几个。"传主确定以后，"许多困难的问题来了。第一、居正是

---

① 张君劢：《耶宛哈拉·尼赫鲁传》，重庆再生周刊社1939年版。
② 唐兰：《序》，严济宽：《中国民族女英雄传记》，重庆商务印书馆1943年版，第1页。
③ 郎擎霄：《托尔斯泰生平及其学说》，大东书局1929年版，"自序一"第1~2页。
④ 梁启超：《王荆公传·自序》，《梁启超传记五种》，百花文艺出版社2009年版，第76页。

几乎没有私生活的人物","第二、居正入阁以后的生活中心,只有政治;因为他占有政局底全面,所以对于当时的政局,不能不加以叙述"。"最困难的是一般人对于明代大局的认识。""这许多困难底后面,还有一个难题,便是材料底缺乏。""其次关于文字的方面。"解决了各种困难后才终于创作完成了传记。① 朱东润的序不仅使读者了解了他在创作中的煞费苦心,而且使以后的传记作者也能知晓如何创作一部传记。

五是对作品成就的肯定。日本学者吉松虎杨著、张建华译《科学界的伟人》一书前有蔡元培的序,他在序中概括了此书的四大贡献:"此项著作,头绪纷繁,每易流于庞杂,使读者无门径可寻,而本书独层次厘然,而前而后,有条有理,可贵者一;科学文字,专重其理,恒多偏于晦涩,使读者生乏味之感,而本书则寓真理于叙事之中,偶一披阅,兴趣盎然,可贵者二;且本书除于详述各大科学家之经历及成功外,尤深致意于构成学说之苦心,寓'有志竟成'之意于言外,更足鼓励读者研究科学之趣,可贵者三;他如天文、地理、物理、化学、机械、电气、生物、医学等发明之经过,尤无所不包,既堪称科学发达史,而可供中学、大学生及有科学兴趣者作系统之阅读,此又可贵者四也。"② 这种对传记内容加以褒扬的言辞往往出于他人代写的序文,且这"他人"在文坛还应有较高的地位,以此也提高了传记的文坛地位。又如美国台尔·卡乃基著、胡尹民等译《欧美名人传》,汪倜然为之作序,称赞道:"所以作品底目的如在教育大众鼓励青年,则我们所取者应为过去如马腾博士底著作,现在如台尔·卡乃奇底作品。这些都是修养书中的上乘。……这本书对于努力求知的青年人,勤于事业的中年人,可说是无不适合。而对于迭遭挫折的奋斗者,更能以他山之石,给予宝贵的勉励,使人倍增创业树功的勇气,这本书便更可以说是一本有益社会的好书了。我希望读此书者,都用积极的眼光来接受和领略这本书。"③ 汪倜然高度

---

① 朱东润:《张居正大传序》,《国文月刊》第28期,1944年。
② 蔡元培:《序》,〔日〕吉松虎畅:《科学界的伟人》,张建华译,上海商务印书馆1947年版,第2页。
③ 汪倜然:《汪倜然先生序》,〔美〕台尔·卡乃基:《欧美名人传》,胡尹民、谢颂羔译,长风书店1939年版,第1~2页。

肯定了台尔·卡乃基的作品对青年人、中年人，特别是遭遇挫折的人们的价值。

（二）现代传记文学序文的特殊功能

顾颉刚的《古史辨自序》说："我读别人做的书籍时，最喜欢看他们带有传记性的序跋，因为看了可以了解这一部书和这一种主张的由来，从此可以判定它们在历史上占有的地位。现在我自己有了主张了，有了出版的书籍了，我当然也愿意这样做，好使读者了解我，不致惊诧我的主张的断面。因为这样，所以现在就借了这一册的自序，约略做成一部分的自传。"[1] 诚然，不少著作的序文都带有传记性的意味，现代传记的序文除了一般序文都有的功能外，不少序文还探讨传记创作的原理，可视为一篇传记理论作品。

现代传记史上已诞生了不少理论著作，胡适、郁达夫、茅盾、朱东润等人的传记理论自不待言，孙毓棠编著《传记与文学》[2]、杨振声《传记文学的歧途》[3]、朱晨《论传记》[4]、寒曦《如何选择传记人物》[5] 等传记理论亦有较高成就。将现代传记的序文用于探讨传记理论始于胡适，1922年，胡适在《章实斋先生年谱》的序中探讨了年谱的新体例。

第一，我把章实斋的著作，凡可以表示他的思想主张的变迁沿革的，都择要摘录，分年编入。摘录的工夫，很不容易。有时于长篇之中，仅取一两段；有时一段之中，仅取重要的或精采的几句。凡删节之处，皆用"……"表出。删存的句子，又须上下贯串，自成片段。这一番工夫，很费了一点苦心。第二，实斋批评同时的几个大师，如戴震、汪中、袁枚等，有很公平的话，也有很错误的话。我把这些批评，都摘要抄出，记在这几个人死的一年。这种批评，

---

[1] 顾颉刚编《古史辨》第一册，朴社1926年版，"自序"第4~5页。
[2] 孙毓棠编著《传记与文学》，正中书局1943年版。
[3] 杨振声：《传记文学的歧途》，《世界文艺季刊》第1卷第4期，1946年。
[4] 朱晨：《论传记》，《文化先锋》第6期，1946年。
[5] 寒曦：《如何选择传记人物》，《人物杂志》1949年第1期。

不但可以考见实斋个人的见地，又可以作当时思想史的材料。第三，向来的传记，往往只说本人的好处，不说他的坏处；我这部《年谱》，不但说他的长处，还常常指出他的短处。例如他批评汪中的话，有许多话是不对的，我也老实指出他的错误。我不敢说我的评判都不错，但这种批评的方法，也许能替《年谱》开一个创例。①

胡适认为，自己所著的年谱从材料的选择到批评的方法都有了很大的革新，算是替年谱这种传记种类开创了一个先例。此后，胡适的《施植之先生早年回忆录序》《南通张季直先生传记序》《四十自述·自序》等序文都是围绕传记理论展开讨论的。作为传记理论的序文主要就以下问题展开讨论。

一是有关传主的选择。熊式一译《佛兰克林自传》由商务印书馆出版，其原序说："佛氏文华哲理，固属于旧世界，而其情感、道德、信仰则纯属于新世界。以美人而得欧人仰慕者，当推之为第一人。鼓吹革命言论，以美洲之情事详告欧洲，多属其力。此外对于科学，对于人生之贡献，亦非他美人所能及。至其一生之论著，在文学上占一重要地位，尤其余事也。"② 熊式一认为富兰克林在情感、道德、信仰、科学等方面的贡献非常大，作为美国人而被欧洲人仰慕，他属于第一人，因此值得对其自传进行翻译。李俨创作了《梅文鼎年谱》，他在序中说："梅文鼎与牛顿、关孝和并时，其整理西算，佳惠后学，厥功甚伟；且行年三十，方学历算，而终身用力从事，至老不倦，尤属可钦。其事迹散见各书，爰为比次，集成《年谱》，俾便参考。"③ 梅文鼎整理西算，佳惠后学，虽然他30岁才开始学历算，但终身用力，使人钦佩，因此李俨才为其创作了年谱。可见传主须是某一历史时期重要人物，在某些领域做出过杰出贡献，值得青史留名，作者或译者才会选择为其作传或者翻译传记。

---

① 胡适、姚名达：《章实斋先生年谱》，商务印书馆1929年版，"胡序"第3页。
② 〔美〕Ben Jamin Franklin：《佛兰克林自传》，熊式一译，商务印书馆1932年版，第7页。
③ 李俨：《梅文鼎年谱》，《清华学报》第2卷第2期，1925年，第609页。

二是有关传记的材料选择。侠平编译《罗斯福生活与思想》，作者序说：

> 写传记的资料来源最好不要采自那种私人的文件，因为这是将来历史家用以描写他的主人翁的性格的。同样的，写传记的最大的困难就是往往容易受到传记的价值的限制，比如他的主人翁的后来经历，尤其是他死的日子和状态——他一生意义的关键——都是同时代的传记家所不能知道的，于是说，传记的取材应该从侧面着手，由主人翁活着时候的谈话和发问，由他的朋友和敌人的思想与情感对他的反应去研究他的性格。尤其要注意的是应该把那许片断的生活风景中拣选几个画面作为解释之用，使死的文字变成生动的东西。①

侠平对传记材料提出了自己的见解，认为私人文件不能成为传记的资料来源，应该从侧面入手，从与传主的谈话交流，以及与传主朋友和敌人的思想与情感对其的反映去研究传主的性格。美国卢特威著、黄嘉历译《罗斯福传》，黄嘉历在"译者序"中说："卢氏所作传记的优点，是他能够以艺术家的雄劲和感觉派的写法，细描错综复杂的人类性格。他又得到特许权利，可以和他的主人翁一同旅行，住于其家，在他工作和游息的时候去研究他，所以他的描写的深刻和生动，远非其他作家所能企及。"②在黄嘉历看来，作者卢特威能与传主一同旅行，且住在传主家中，这无疑能掌握别人没有的第一手资料，因此他才能将传记描写得如此深刻和生动，这不是其他作家所能企及的。

三是有关传记真实性的探讨。梁启超在《李鸿章传·序例》中提出："合肥（李鸿章）之负谤于中国甚矣。著者与彼，于政治上为公敌，其私交亦泛泛不深，必非有心为之作冤词也。顾书中多为解免之言，颇有与俗论异同者，盖作史必当以公平之心行之。不然，何取乎祸梨枣也！

---

① 侠平编译《罗斯福生活与思想》，活力出版社 1947 年版，"序"第 1 页。
② 〔美〕卢特威：《罗斯福传》，黄嘉历译，桂林西风社 1941 年版，第Ⅶ页。

英名相格林威尔尝呵某画工曰'Paint me as I am',言勿失吾真相也。吾著此书,自信不至为格林威尔所呵。合肥有知,必当微笑于地下曰:孺子知我。"① 世人对李鸿章多负面批评之词,但在梁启超看来,李鸿章也有自己的功勋。梁启超借英国名首相格林威尔的话道出了真实之于传记的重要性。苏联托洛茨基著、石越译《托洛茨基自传》的"序言"说:

> 因为在本书的篇幅中,论到不少的人,描写的方法,关于他们本人或关于他们对党的态度,他们自己不见得都愿意这样的,他们中很多的人,都会觉得我的叙述太缺必需的客观性了。即当其中的几段在定期刊物上发表的时候,已经引起了某种否认的话了。这是不可免的。假使我将我的自传做成我生活的一个简单的银板照相——我决计没有想这样做——然她无疑的,还是会引起争论的回声,这争论发生于本书描写冲突的时候。但此书并不是我生活的一张无情的像片,而是构成我生活的一个部分。在这几个篇幅中,我仍旧继续着那种斗争,这斗争是我竭一生之力来从事的。叙述的时候,我是在批评与估计;讲说的时候,我是在卫护着,而且常是进攻的。我觉得要做一种客观的传记,这是唯一的方法,不过这所谓客观者,是在某种较高的意义上来说,即使他成为人物,环境与时代之最适合的表现形式。②

托洛茨基认为自己的自传肯定会得到许多否定性的批评,但客观才是最重要的,真实是传记最需要守护的特性。胡适的《南通张季直先生传序》一文对于传记真实性的论述是最为经典的。胡适认为传记"最重要条件是记实传真",但我们历来为尊者讳、为亲者讳、为贤者讳的传统,使得"几千年的传记文章,不失于谀颂,便失于诋诬,同为忌讳,同是不能纪实传信"。胡适由此得出结论:"传记写所传的人最要能写出他的实在身分,实在神情,实在口吻,要使读者如见其人,要使读者感

---

① 梁启超:《李鸿章传》,东方出版社 2009 年版,"序例"第 1~2 页。
② 〔苏〕托洛茨基:《托洛茨基自传》,石越译,新生命书局 1930 年版,第 3~4 页。

觉真可以尚有其人。但中国的死文字却不能担负这种传神写生的工作。""二千年来,几乎没有一篇可读的传记。"① 作为现代传记的开拓者,胡适对传记从古代到现代的转型立下了赫赫功劳,但他一笔抹杀古代传记的做法仍是值得商榷的。

四是有关传记的价值探讨。胡适在《〈施植之先生早年回忆录〉序》中说:"但是这本小册子还是很可宝贵的。因为这是我们这一位很可爱敬的朋友最后留下来的一点点自述资料。如果没有安明的合作,连这一点点记录都不可得了。"② 胡适对于传记写作的倡导是有目共睹的,在这篇序言中他高度肯定了施植之早年回忆录对于历史的重要性。钟敬文1941年11月9日为陈秋子译《拜伦传》作序,对传记文学的作用予以高度的肯定。

> 一本传记,或者说一本好的传记,对读者所能够引起的兴趣和产生的实益,决不在那些一般的文学名著之下。试想想,当我们披读着一个艺术家、思想家或政治家的生平记录,他所受的熏陶,所处的环境,他的思想和性格,行动和挫折,……一切内外的现象和经历,都浮雕般显现在我们眼前。我们有的时候陪他高兴,有的时候替他掉泪。有许多事情,会唤起我们的沉思,有许多事情,又催迫着我们振奋。我们不是在读小说,不是在听奇谈。我们是在接触一个真实的生命,一个活跃的灵魂,而从那里得到了最实在的教益。我们读罗兰先生的《托尔斯泰传》的时候是这样,读路德威希(Ludwig)的《耶稣传》,时候也是一样。③

钟敬文认为,相比小说、奇谈,传记记叙的是一个鲜活的、真实的生命,人们可以通过阅读传记得到最实在的教益。同样的观点也可以在王琎为中国科学社编辑《科学名人传》的《弁言》中找到,"私人之意,

---

① 胡适:《南通张季直先生传记序》,《吴淞月刊》第4期,1930年。
② 胡适:《〈施植之先生早年回忆录〉序》,耿云志、李国彤编《胡适传记作品全编》第四卷,东方出版中心1999年版,第282页。
③ 〔日〕鹤见祐辅:《拜伦传》,陈秋子译,新知书店1946年版,"钟序"第2~3页。

以为传记一类，其有益于学者特多。凡成伟业者必有伟才，或有伟量"，"吾人读其事略，不但于其学术思想，得悉其发展之经过，即对于其立身求学之道，亦颇多可采之处"，王琎同时指出"吾国近日研究科学者渐多，惟科学名人传记之书，尚不多观"的现象，希望通过出版此书"以便读者之翻阅，借以引起国内讨论与研究科学之兴趣云尔"。① 王琎认为通过阅读这些伟人传记，读者不但能了解这些伟人的学术思想、发达的经过，而且对于其立身求学之道也能洞悉，因此读者阅读《科学名人传》或能引起国内研究科学的热情。

现代传记序文为什么会探讨传记理论？这是一个很有意思的问题。相对于小说这种成熟的文体，传记在现代还是一种颇具争议性的文体。一方面以胡适为首的现代文人全面否定了古代传记的价值，号召人们创作"新"的传记文学，那什么是"新"无疑是颇具争议性的，会引起文人广泛的探讨。另一方面传记理论相对于传记创作在当时还是比较匮乏的，一些于传记创作有一定造诣的人，难免想发声探讨怎样才能创作出好的传记作品。而创作长篇大论的传记著作又可能精力不济，因此他们将目光聚焦于传记的序文，试图通过这些序文来发表有关传记文学的理论。这在当时也构成了一种别样的文学画面。

四 书评：史料与学术的拓进与诉求
——评俞樟华等编撰《中国现代传记文学编年史》

自20世纪90年代起，各类文学编年史相继问世，其中既有通史性质、断代史性质的，也有分体性质的，这在一定程度上可视为是对三十多年前陈寅恪在《元白诗笺证稿》中呼吁写作文学编年史的响应。同时，文学编年史通过完整地呈现文学的真实面貌，达到"有效地阻止西方文学观念对中国文学事实的简单阉割"② 这一特点也成为学术界的共识。也是自20世纪90年代起，新中国成立后一度比较萧条的传记文学在文坛掀起了一股热潮，且一直持续到现在，各类传记作品如雨后春笋

---
① 王琎：《弁言》，中国科学社编辑《科学名人传》，中国科学社1924年版。
② 陈文新：《编年史：一种应运而兴的文学史范型》，《社会科学论坛》2007年第11期。

般破土而出。相对而言，传记理论的发展却明显滞后，传记文学史的写作亦不多，编年体的传记文学史更是没有，此种状况显然不利于传记文学健康、长远地发展。令人欣慰的是，作为国家社科基金后期资助项目之一，由俞樟华、陈含英编撰《中国现代传记文学编年史》（浙江大学出版社 2019 年版）的问世，终于弥补了这个不足，为中国传记文学更稳、更远地行走奠定了扎实的基础。

俞樟华的学术之路始于 20 世纪 80 年代，从《史记》研究起步，成果丰硕。自 90 年代后期起，其学术研究方向从古代史传延伸至传记文学，先后出版了一系列有关传记文学的研究论著，其中代表性著作就有八部，分别是《中国传记文学理论研究》（湖南文艺出版社 2000 年版）、《古代杂传研究》（合著，吉林文史出版社 2005 年版）、《传记文学谈薮》（中国文史出版社 2007 年版）、《清代传记研究》（合著，上海三联书店 2013 年版）、《古代传记真实论》（合著，中国文史出版社 2013 年版）、《古代假传和类传研究》（合著，黑龙江人民出版社 2015 年版）、《宋代传记研究》（合著，黑龙江人民出版社 2015 年版）、《古代传记理论研究》（黑龙江人民出版社 2018 年版）。这些论著既有对断代传记文学的研究，也有对传记理论的探讨，还有对多种传记类型的探究，可谓多面开花，硕果累累。进入 21 世纪以来，俞樟华又将研究视野拓宽至学术史领域，于学术编年用力尤勤，先后出版了《王学编年》（吉林大学出版社 2010 年版）、《桐城派编年》（合著，人民文学出版社 2015 年版）、《中国学术编年》（合著，华东师范大学出版社 2013 年版）、《辛亥日志》（合著，华东师范大学出版社 2014 年版）、《民国元年日志》（合著，黑龙江人民出版社 2017 年版）等著作，同时参与国家社科基金重大招标项目"浙东学派编年史及相关文献整理与研究"和浙江文化研究工程重大项目"浙江学术编年史"的编撰工作，并主持国家社科基金后期资助重点项目"中国现代马克思主义研究编年史"。俞樟华具有长期研究传记文学和编撰学术编年史著作的扎实功底与成功经验，《中国现代传记文学编年史》成为他数十年传记研究与编年体文学史写作的水到渠成之作。

中国现代传记文学在民族传统与西方文化、历史与文学、政治与学术的多重矛盾冲突中应运而生，是中国古典传记与当代传记之间的过渡，不论是写作篇幅、内容还是方法，现代传记都显示出与古典传记大相径庭的方面。《中国现代传记文学编年史》详细记载了从1911年至1949年中国传记文学发展的历史和成就，与普通文学史作品相比，这部编年体性质的传记文学史作品在两个方面具有得天独厚的优势。第一个优势是对现代传记作品广博全面的搜集。现有普通文学史的写作方式往往是在时代背景的关照下对这一时期的经典作品进行重点解读，即使是现代传记文学史所论及的也只是诸如梁启超、鲁迅、瞿秋白、胡适、冯玉祥、郭沫若、郁达夫等人的经典传记作品的分析，其关涉面是有限的，所涉及的作品数量更是有限的。而《中国现代传记文学编年史》却能将现代传记作品最大限度地展示在读者面前，既有名家写作的小人物的传记作品，如赵元任的《马柯泥小传》、刘半农的《武七先生的人格》、顾颉刚和洪煨莲的《崔东壁先生故里访问记》等；也有小作家写作的大人物传记，如余生的《歌德的生平及其作品》、吉星的《陈独秀到底怎样》、中生的《记老舍先生》等；既有小作家写作的小人物传记，如卫侃中的《一个东北冯大学生自述》、李同愈的《焦土抗战之沈鸿烈》、苦雨的《王君锡武小传》等；也有小人物写作的自传作品，如白莱的《一个游记战士的自述》、刚文的《一个负伤战士之自述》、司机的《我的自白》、圭化的《一个鞋工的自白》等（作者名与篇目名称均以原书为准）。这些传记作品，特别是小作家、小人物写作的传记作品，如果不是此书的收录，可能很难与世人见面。因此，《中国现代传记文学编年史》在作品还原的全面性与真实性方面是其他普通文学史作品难以望其项背的。

第二个优势是通过时间线索细致展示了现代传记文学发展的进程。《中国现代传记文学编年史》以时间为顺序编排的特点，使读者能够透彻而全面地了解中国现代传记文学发展的进程。1911年至1912年初，辛亥革命爆发，1912年邹稷光便先后在《顺天时报》推出了14篇"辛亥人物论"。1917年俄国十月革命取得胜利，极大影响着中国，一批俄国人物传论问世，例如1917年凌霜的《托尔斯泰之平生及其著作》，1920年愈之（胡愈之）的《都介涅夫》（中国第一篇评介屠格涅夫的文章)、陈无我的《俄罗斯革命祖母小传及手书》、枕江(祝枕江)翻译的《日人德富苏峰访托尔斯泰记》,1921年愈之的《克鲁泡特金与无治主义》《克鲁泡特金的道德观》、幼雄的《克鲁泡特金的艺术观》①、松山的《托尔斯泰与鲍尔希维主义》、郑振铎(西谛)的《俄国文学史中的翻译家》《陀思妥以夫斯基的百年纪念》等。"九一八"事变爆发后,1932年亚子(柳亚子)的《九一八的感想》、田汉的《九一八的回忆》、茅盾的《九一八周年》、洪深的《我对于九一八的感想》、穆木天的《九一八的感想》等一批有关"九一八"事变的单篇传记问世。由此,可以清晰地发现在政治的巨大影响下传记的发展之路。在传记理论方面,翻阅《中国现代传记文学编年史》,可以发现1914年胡适率先提出了"传记文学"的名称,之后他更是在不同场合多次以"传记文学"为题进行演讲,一种区别于古典传记的现代传记开始登场。郁达夫在1933年和1935年分别对"传记文学"进行了阐释。茅盾也于1933年在《文学》上发表《传记文学》一文进行呼应。此后,"传记文学"一词就被人们广泛应用,成为传记术语。以时间为顺序,用材料全面、直观地展示传记文学的发展进程无疑是《中国现代传记文学编年史》的一大强项。

除了以上两个优势之外,《中国现代传记文学编年史》在写作上呈现出三个特点。

第一,独具匠心的谋篇布局显现作者的文学史观。付祥喜在《"编年研究"的理论意义与学术评价——兼答杨洪承教授》一文中曾指出编年体文学史作品普遍存在的问题:"许多文学类书目、年谱、编年史过于强调其史料性,而很少贯穿文学观文学史观、凸显编者的创见,以至于此类成果普遍被视为没有多少学术创新。"②《中国现代传记文学编年史》以丰富的史料动态还原中国现代传记文学发展进程,以时间为经,每年又按照"传记评论""单篇传记""传记著作""卒于是年的传记作者"

---

① 幼雄的《克鲁泡特金的艺术观》是笔者对原来题目的简化,原题是《新思想与新文艺:克鲁泡特金的艺术观:艺术与劳动的关系,画家须识劳动真趣,艺术中求自由世界》,发表在1921年第18卷第4期《东方杂志》上。
② 付祥喜:《"编年研究"的理论意义与学术评价——兼答杨洪承教授》,《文艺研究》2014年第10期。

四大栏目进行著录,且每个栏目下都加有按语,摘录传记理论观点、当时和后代对传记作品和传记作家的评论,补充介绍传记作品或理论文章产生原委,以此弥补编年体不如纪传体能反映现代传记文学整体成果,也不如纪事本末体能反映传记文学发展整个过程的缺憾,且这部分按语又是以存录史料为主,评论为辅,从而不违背编年体文学史史料整理的定位。因此,从体例来看,《中国现代传记文学编年史》在继承传统性的基础上,无疑具有一定的创新性。

与此同时,这四大栏目的设置包含了文学的四要素:作品、世界、作家和读者。其中,"传记评论"是来自读者对传记作品、传记作家、传主等的评论,主要是读者视角的显现;关于"卒于是年的传记作者"的系统性梳理此前还无人涉及,对现代作家传记写作经历的介绍也特别启人深思;"单篇传记"和"传记著作"中摘录的"编者的话""弁言""小序""凡例"等涉及作品产生的时代背景、创作内容、个性特征,以及作者的传记观等。众所周知,编年史作品虽以史料展现为主,但其文字多少体现了编者的立场,"是经过史家取舍编排的历史叙事,包含了作者对事实意义的理解"[①]。这四大栏目的组合显示出作者严格遵循"论从史出"的文学史研究和文学史写作原则,彰显出作者开放的、科学的文学史观。

第二,深厚的文献功底还原历史现场。编年史著作的质量很大程度上取决于文献资料的广度、深度和精度,《中国现代传记文学编年史》对此所做的努力是有目共睹的。首先,"传记评论"的编纂可见作者用力之勤。"传记评论"主要著录传记理论、传记理论翻译、传记作品评价和提出传记理论的序跋等,这些材料都淹没在浩如烟海的书籍之中,此前学界很少有人关注,现在作者将它们爬梳剔抉,整理出一个比较完整的条贯,使读者能够见到中国现代传记文学理论的全貌,确实有弥补史料整理的空白的意义。例如,现代地理学家、历史学家张其昀的《教师节》发表于1932年《时代公论》第13、15号,从其题名是无法判断文章的"传记评论"属性的,但作者通过翻阅原刊,发现这篇文章虽在探讨中

---

① 李剑鸣:《历史学家的修养和技艺》,上海三联书店2007年版,第373页。

国教师节的设置，实则是一篇有关孔子传记的评论文章。又如法国阿拉贡著、焦隐菊翻译的《从人道主义到反法西斯》发表于 1945 年《抗战文艺》第 10 卷第 2、3 期，该文章乍一看以为是一篇政论文，实则是一篇怀悼罗曼·罗兰的作品，而《中国现作传记文学编年史》能精准地判断文章的属性，这显然需要有扎实、细致的文献探查功底。

其次，"按语"的撰写可见作者对材料把握之精当。因为篇幅的限制，作者不可能将每一份材料都具体展示出来，只能挑选一些重要材料或是学界一般不太找得到的材料，用"按语"形式展示在读者面前，这就需要作者有一种对材料的"识断"能力。胡适的《传记文学》、郁达夫的《日记文学》、茅盾的《传记文学》、许寿裳的《谈传记文学》等在传记领域有极大的影响力，作者用"按语"形式进行了摘录。相对而言，胡哲敷的《传记与社群在中小学历史教材上的地位》、伯篯的《传记的启示》、杜若的《自传年随感：旧小说给我的教训》、昧《传记文学在中国》[①] 等文章具有较高的史料价值，但此前一直被学界所忽视，作者也用"按语"形式摘录了下来。相信这些材料的公开，对此后学界对现代传记文学的研究将大有裨益。

最后，注重文献之辨析，以确保资料的真实与全面。例如，当时对外国作者的翻译还未统一，一个作者存在多种译名的情况，这就需要《中国现代传记文学编年史》的作者仔细辨析，以确保材料的周全。例如，斯大林还译作"史大林"或"史太林"，契诃夫还译作"柴霍甫"等。

第三，宽广的学术视野成就众多学术话题。《中国现代传记文学编年史》虽然是一部史料汇录性质的书籍，但由于作者宽广的学术视野，带给了读者不一样的阅读感悟，主要体现在以下三个方面。一是在"前言"部分，对中国现代传记文学的成就做了总结，概括出七大成就，给了读者一个整体性的印象。此种鸟瞰式审视，概括了中国现代传记文学

[①] 伯篯的《传记的启示》发表于 1933 年第 40 期《中学生》上。杜若的《自传年随感：旧小说给我的教训》发表于 1934 年第 3 期《一周间》上。昧《传记文学在中国》发表于 1934 年第 46 至 48 期《出版消息》上。其中"昧"为何人笔名，目前资料不可考。

在传记形式、传主选择、自传创作、传记思想、传记语言、传记译介和传记理论研究等方面取得的成绩，给当今传记文学的发展提供了有益的借鉴。

　　二是在"后记"部分，指明今后学者可以研究的一些话题："通过本书，可以研究现代传记文学创作和研究的学术队伍，了解哪些是长期作者，哪些是短期作者，哪些只是客串作者；也可以研究这些作者的创作或研究的重点，他们的主要成就和学术影响；通过本书，可以了解现代传记文学创作和研究与当时社会政治的关系，也可以了解当时学术期刊发表传记文学的特点或侧重点，还可以发现现代传记文学创作或研究方面存在的空白或不足，而且现代传记文学研究的各种选题，也可以为当今的传记文学研究提供一定的借鉴。"[①] 作者此处指明的学术话题在此前还未有学者涉猎，这无疑对今后学界的研究具有指导意义。通过阅读此书可以发现，现代传记文学资料之丰富、内容之繁多远远超出人们想象，今后可以研究的方向还有很多：例如，1911 年至 1949 年传记译介对现代传记创作的影响；现代传记理论对现代传记创作的影响；现代传记创作在当时国际文坛的地位；等等。这些学术话题都可以在此书中找到丰厚的资料并加以研究。

　　三是《中国现代传记文学编年史》的编纂本身亦可见作者敏锐的学术眼光。受五四新文化运动的影响，现代传记文学希望在西方传记理论的影响下寻求一条与传统决裂的发展道路，在个性描写、文学虚构、历史使命等方面取得突破，具有独特的文学史意义。然而此前人们对于现代文学的研究往往聚焦于小说、诗歌、散文等文体，近二十年才对现代传记文学展开一定的研究，且成果少、研究面窄。《中国现代传记文学编年史》的问世本身便显示出作者独到的学术见地，且能为中国现代传记文学研究打开新的局面。

　　《中国现代传记文学编年史》收录广泛，著述灵活，在四大栏目的引领下，尽可能真实地告诉读者在现代传记领域究竟"发生了什么"，而读者因此能通过"还原"具体历史语境，了解相对原始的现代传记文

[①] 俞樟华等编撰《中国现代传记文学编年史》（下），浙江大学出版社 2019 年版，第 846 页。

学发展面貌，具有重要的史料价值和学术价值。

　　文学编年史不仅仅是文学历史的编年，在一定程度上，也是对历史现场的探察。而传记对历史人物和历史事件真实记载的特有属性，使得《中国现代传记文学编年史》也给研究从 1911 年至 1949 年中国历史的学者提供了生动、细致的生态景观。以 1938 年为例，这一年中国正处于抗日战争中的防御阶段，《中国现代传记文学编年史》提供的传记篇目中，既有关于战争事件查询的传记，如王冷斋发表于《时事半月刊》第 1 卷第 19 期的《卢沟桥事变回忆录》、徐维扬发表在《时代动向》第 3 卷第 6 期的《黄花岗花县十八烈士殉难记》、陆定一发表在《文艺阵地》第 1 卷第 8 期的《晋东南军中杂记》等；也有关于这一年普通百姓的生活写照，如梅丽发表于《劳动周报》第 2 卷第 1 期的《一个丝厂女工的自述》、匡愚发表在《警察向导》第 1 卷第 1 期的《一个首都警察的自述》、许道恭发表在《天风》第 5 卷第 10 期的《一个中学生的自白》、周则岳发表在《地质评论》第 3 卷第 1 至 6 期的《矿人王君德森小传》、徐廷彦发表在 2 月 22 日《新华日报》上的《劳动英雄田蕴华》等。这些个人化、具体化的历史叙述无疑对人们了解历史、认识历史有很大的裨益。

　　从学术价值看，《中国现代传记文学编年史》的问世可以促使学界更深入地研究中国现代传记文学，这是毋庸置疑的。需要注意的是，此书也可以极大拓宽中国现代文学的研究领域。首先，中国传记文学是中国现代文学的一部分，《中国现代传记文学编年史》无疑丰富了中国现代文学史料。其次，中国现代传记作家、传主中有不少人是现代著名小说家、散文家、诗人、历史学家、文学评论家等，例如鲁迅、胡适、茅盾、周作人、郁达夫、徐志摩、林语堂、郑振铎、丰子恺等，以往学界在研究他们时，往往对其传记创作或以他们为传主的传记作品了解不够全面、深入，此书的问世恰好可以弥补这方面的缺憾。研究者依据书中资料和线索，按图索骥，或丰富现代文学作家的生平，或拓广现代文学作家作品的研究，或追寻现代文学作家思想演变的轨迹，等等。

传记的特殊属性和编年体的独特体例，使得《中国现代传记文学编年史》相比于普通文学史，呈现出更为复杂、多元的一面。虽然任何一部文学编年史著作都做不到尽善尽美、全面精确，但此书作者在史料与学术上的努力推进、不断求取是值得肯定的。

当代篇

中国当代传记文学的回顾与展望

  当我发觉人和草木一样繁衍，任同一的天把他鼓励和阻挠，少壮时欣欣向荣，盛极又必反，繁华和璀璨都被从记忆抹掉；于是这一切奄忽浮生的征候，便把妙龄的你在我眼前呈列，眼见残暴的时光与腐朽同谋，要把你青春的白昼化作黑夜；为了你的爱我将和时光争持：他摧折你，我要把你重新接枝。

——〔英〕莎士比亚

一 综述：20世纪八九十年代中国文化名人传记丛书述评

  检视当代传记文学创作也许能够发现：对权力和商业的重视远远胜于对文化的追求。人们往往在英雄、革命家、政治家的传记中，为只能看见诸多似曾相识的伟大人物形象而困惑迷茫。同样，在泛溢着说不尽的风流，有着梦一般迷幻色彩的历史人物传、当红明星传和企业家传中，满纸的商业味常使人们不知身处何方。这种对文化的不同程度的游离，不可避免地使当代传记文学每每沉陷于"政治化写作"和"欲望化写作"中，不能自拔。

  能对此现状给予强有力冲击，大有力挽狂澜之悲壮气势的，则非文化名人传记莫属。这不仅有赖于这些传记中的传主具有较高的文化修养，一生都在文化的道路上苦苦追求、艰难跋涉；而且有赖于这些传记的作者善于从文化的角度对传主进行观照，即在展示传主生命本真状态的同时，力求进行一种作者与传主间的高层次精神对话。这无疑给当代传记文坛输入了可贵的文化血液。

综观我国20世纪八九十年代问世的文化名人传记丛书，会惊奇地发现，虽然此时文化巨大的包容性与涵盖面是有目共睹的，但传主仍主要集中于五四新文化运动以来在中国现代文坛上有着广泛影响的作家与学者，只有极少数的传记以艺术家、教育家、出版人为写作对象。并且，那些曾执文坛牛耳、名震一时的作家和学者的相关传记被不同的出版社先后收入不同的传记丛书中，但正如鲁迅所说的"旧瓶可以装新酒，新瓶也可以装旧酒"（《准风月谈·重三感旧》），虽传主相同，不同年代的传记却呈现出不同的风格和韵味。

（一）80年代中国文化名人传记丛书出版状况

1981年是传记界值得庆贺的一年。人民文学出版社和北京十月文艺出版社在该年分别隆重推出了"新文学史料"丛书与"中国现代作家传记丛书"，这是"文革"后首批出版的大规模传记丛书。前者主要收辑著名老作家的自传。第一辑前后推出15本，分别是张恨水的《写作生涯回忆》、姚雪垠的《学习追求五十年》、巴人的《旅广手记》、阳翰笙的《风雨五十年》、曹聚仁的《我与我的世界》、徐懋庸的《徐懋庸回忆录》、丁玲的《魍魉世界·风雨人间——丁玲的回忆》、沈从文的《从文自传》、许钦文的《钦文自传》、老舍的《老舍生活与创作自述》、巴金的《创作回忆录》、闻一多的《闻一多书信选集》、聂绀弩的《脚印》、冰心的《记事珠》，以及茅盾的《我走过的道路》。这些自传由于成书年代不同具有不同的艺术风貌。总体看来，在三四十年代写成的自传，如《从文自传》《钦文自传》，行文较洒脱开朗，能够坦然面对生活、深刻剖析自我，读来总有一种心底深处某一酸楚而敏感的地方被触动的感觉，有些惆怅，有些震颤。相形之下，新中国成立后写的自传总给人一种拘谨感觉。例如茅盾的《我走过的道路》，作者有意回避了一段情感经历，致使该传蒙上了不真实的阴影，也使作者在身后遭受了本可避免的责难，颇为可惜。不过，这套传记丛书推出之时，曾在全国产生较大反响。其最为人称道之处是，传记均出自文坛大家之手，记述的是作者最为熟知的自我生平经历,因而叙事详赡丰饶,有较高的史料价值,且文字优美感人,可读性强。这也是该丛书如今依然能在文坛占一席之地的原因所在。

相比自传,他传在史料的掌握上有所欠缺,但客观化的写作立场与想象性的文学描写在一定程度上可以弥补这一不足。由此观之,"中国现代作家传丛书"一点也不逊色于"新文学史料"丛书。它自1981年至今已相继出版了关于鲁迅、赵树理、冰心、郭沫若、曹禺、沈从文、沙汀、巴金、朱自清、周作人、孙犁等十多位作家的传记,初步计划出版30部。这套丛书强调把个人置身于时代的大背景中书写。作者既描述了传主对人生、对世界的思索和追求,对事业、对创作的一往情深,对婚姻、对家庭的态度观念;同时又分析评述了传主性格和创作风格形成的背景,以及时代环境对传主的影响,由此反映五四新文化运动以后中国社会的整体面貌。这套丛书中的上乘之作至今仍被人津津乐道,如凌宇的《沈从文传》、吴福辉的《沙汀传》等,融文学性与学术性于一体。阅读这套丛书,不仅可以体验几位作家的生死荣辱,感受他们生命中的文化气韵,而且可以感受到一个时代的沧桑巨变、物是人非,在欣赏之余有助于思考研究。正因如此,这套丛书中80年代所出版的传记至90年代初已四次印刷,在学界赢得了较好的口碑。但是也不得不指出,这套传记个别作品也存在着一些不足,主要有以下两点。

其一是个别作品真实性不足。"作家不能成为他笔下的英雄人物的思想、感情、观点、美德和罪恶的代理人。而这一点不仅对于戏剧人物或小说人物来说是正确的,就是对于抒情诗中的那个'我'来说也是正确的。作家的生活与作品的关系,不是一种简单的因果关系。"[1] 因而不能把传主的艺术作品视为其生平史料,据此塑造人物形象。但令人遗憾的是,在这套传记丛书中有些作品——特别是80年代初的作品中,存在着这一现象,如林志浩的《鲁迅传》,把鲁迅某些散文、杂文中关于"我"的描写引入传中作为真实事迹讲述,这难免会与事实有所出入。

---

[1] 〔美〕雷·韦勒克、奥·沃伦:《文学理论》,刘象愚、刑培明、陈圣生等译,生活·读书·新知三联书店1984年版,第70页。

其二是复杂人性单一化。正如恩格斯所说，人"一半是天使，一半是野兽"，不存在十全十美的伟人，也没有天生的恶棍。完整的人生应是成功与失败、欢乐与痛苦、坚强与软弱的多向组合。但在这套传记中，有的传记只写传主人格的一面，如《鲁迅传》对传主"伟大"的单一描述与歌颂；有的传记则把传主的缺点一笔带过，含糊其词，如《曹禺传》中对曹禺在"文革"时期表现的描写。

法国著名传记作家莫洛亚曾说："未来，传记不管采取什么样的形式，它将总是一种棘手的艺术体裁。我们要求它具有科学的谨严，艺术的魅力，小说中察觉得到的'实'以及历史中学术上的'虚'。"① 以此为准绳，"中国现代作家传记丛书"显然有不够"浑然一体"之处。同是1981年出版，由林非与刘再复合著的《鲁迅传》② 因为写了反封建斗士"回眸时看小於菟"的儿女情怀和屈从母命酿成婚姻悲剧的真实故事，准确还原了伟大人物的真实面目和生存状况，从而得以作为一块里程碑树立于当代传记文坛，历久弥新。但是值得欣慰的是，这套丛书于90年代推出的新作明显成熟了许多，对真实与个性的把握也渐趋完善。

（二）90年代中国文化名人传记丛书出版状况

步入90年代，传记作家从文本建构到手法运用都进行了新的尝试与追求。其中最值一提的是上海文艺出版社从90年代初开始出版的"世纪回眸·人物系列"丛书。其宗旨在"编者言"中有着明确的阐述："正是要通过这几代知识分子不同的生活历程、心灵历程以及学术历程的描述，达到一种对一个世纪的整体性反思，从而使我们有更多的理性来抉择下一个世纪的路该怎样的走下去。"本着这一宗旨，该丛书精选了在近现代文化界有着杰出贡献的人物作为传主。目前已出版了关于鲁迅、钱锺书、沈从文、徐志摩、胡适、张元济、冯友兰、熊十力、周作人、李金发、陈寅恪等人的传记。"世纪回眸·人物系列"丛书在创作风格上

---

① 〔法〕安德烈·莫洛亚：《传记面面观》，吴樾、李宗杰译，《世界纪实文学》编辑部编《世界纪实文学》第三辑，河南人民出版社1988年版，第254页。

② 林非、刘再复：《鲁迅传》，中国社会科学出版社1981年版。

明显有别于80年代的文学性传记,注重用理性的目光审视传主痛苦的灵魂,剖析其心路历程,力图从传主身上展示出五四一代知识分子共同的"精神家园"。这与当时学界沸腾的人文精神大讨论不无关联。人的思想、精神在不知不觉中被推到了研究的首位。这完全吻合了鲁迅在1901年发表的《文化偏至论》中所提出的文学"首在立人,人立而后凡事举;若道其术,乃必尊个性而张精神"的主张,从而促使处于两个时代的传记作者与传主的文化心理沟通、精神情感交流成为可能。作品也因此使正面临"感觉剥夺"状况的现代读者产生了强烈的震撼。对传主思想精神的关注表现在艺术上是这套传记大多运用了心理分析方法。在追索传主矛盾行为的内因,为其找寻合乎逻辑的解释的同时,揭示了传主被理性所掩盖着的精神内质。其中王晓明的《无法直面的人生——鲁迅传》是最典型的心理分析传记,也是最具轰动效应的作品。

正如文学评论家孙郁所言:"《鲁迅传》的重要之处不在于展示了新的理念,而是他对对象世界心理冲突的详尽分析。在王晓明笔下,鲁迅的神圣的一面被更多的阴郁与悲壮代替了。……鲁迅时代的苦难与鲁迅自身的苦难,在王晓明痛楚的笔下被复原了。"[①] 与80年代的传记作家不同,王晓明通过鲁迅光芒四溢的伟大一生,清晰地看到"这株有思想的芦苇"所具有的远胜于同时代人的浓烈的悲哀与深深的无奈,体会到他作为文学家、思想家在特有的敏感气质和理性思维的驱使下所承受的由不时浮现的幻灭而产生的苦痛与绝望。在王晓明看来,鲁迅一生虽有著作等身的骄傲、被人崇拜的宽慰,也曾品尝过爱情的兴奋和欢愉,但与他整个的人生体验相比,这些情绪都太短暂了。生命更多赐予他的是作为一个不合"时"宜的知识分子的悲剧性体验。命运的多舛、社会的黑暗使得人生看似如此的毫无意义,生命的尽头是无可延宕的毁灭。这样的人生怎能让鲁迅去直面呢?这本传记剖析了鲁迅隐藏得很深的心路历程,体现了作者对时代、对人生严肃的思考和不懈的追问。

一如作者在"跋"中所言,在写作这部传记时,他强烈感受着鲁迅的愤懑,深切体会着传主的痛苦。但如此炽烈的自我情感参与,注定作

[①] 孙郁:《历史的宿命——王晓明与他的文学批评》,《当代作家评论》1995年第5期。

品的客观性要受到一定的影响,在某种程度上阻碍了读者的二度创作。而这一不足同样存在于这套丛书的一些其他传记之中,如《苦境故事——周作人传》《无地自由——胡适传》等。但作者火一般灼烧的情感投入也易于消淡读者阅读的疲劳感,刺激其阅读兴趣,可谓有利有弊。自90年代初推出之时起,"世纪回眸·人物系列"丛书就受到了文化界异常的关注。大部分传记在出版后不到两年的时间内就已四次印刷。

90年代传记创作的热闹景象曾令许多文学评论家惊讶,仅一个鲁迅,有关他的传记就多达数十种。单独发行的自然为数众多,但收入传记丛书的也不在少数。1994年,中国青年出版社出版了一套以鲁迅、周作人、梁漱溟、梁实秋、林语堂、胡适、丰子恺、沈从文、张爱玲、郁达夫等人为传主的"文化名人逸闻隽语丛书"。这套丛书一改以往传记的学术性、思辨性,力图以轻松的笔墨、饶有情趣的生活细节,为青年读者刻画出亲切感人的名人形象。作者通过讲述传主成长道路上一个个逸闻趣事,生动地记叙了他们的一生,其可读性是不在话下的。但以"逸闻"为名,间或会飘出些淡淡的商业味,而真实性要打些折扣。逼近世纪末,作家、学者传的热潮似乎丝毫不退且有上涨之势。1998年,团结出版社出版一套"中国文化巨人丛书·近代卷"。收辑100年前世纪之交之际中国出现的令后人驻足景仰的十位文化名人传记。这十位文化名人是龚自珍、魏源、严复、林纾、康有为、章太炎、梁启超、苏曼殊、蔡元培和王国维。该丛书着重表现这些文化巨人的文化创造活动、坎坷人生经历、复杂情感世界以及鲜为人知的婚恋生活,强调通俗性、可读性,面向大众读者。与此同时,吉林人民出版社组织规划了"老三届著名作家回忆录"丛书,以此纪念中国知青上山下乡运动30周年。老三届知名作家陈建功、高洪波、肖复兴、赵丽宏、叶辛、陆星儿、王小鹰、贾平凹、叶广芩、毕淑敏和范小青等人应邀参加编写。他们纷纷讲述自己是怎样从30年前一步步走向今天,既有对历史的深思、对人生的体悟,更有对未来的昭示与憧憬。

不论传主是100年前的风云人物,半个世纪前的才子学人,还是30年前的懵懂少年,文化名人传记讲述的实际是同一种人的同一个故事:

文化人对文化的尊重与痴迷。只是不同的传记有着不同的切入点和写作手法。回顾文化名人传记丛书在20世纪八九十年代所走过的风雨之路，我们可以深切地感受到政治、哲学和商业对它的冲击与影响，也可以真切地体会到它的不断成熟、不断进步。"俱往矣，数风流人物，还看今朝。"读者可以满怀信心地对其拭目以待。

二 综述：百年中国自传文学创作回顾与展望

从《史记·太史公自序》诞生至今，自传已走过了两千多年的历程。作者与传主合二为一的写作特性，使其与生俱来地在生平回顾、形象刻画、心灵剖析上较其他传记种类更具优越品性。20世纪初，中国现代传记文学在飘摇时局下应运而生。与古代自传在篇幅、文体特征、创作手法上都迥异的现代自传文学，在五四新文化运动表现自我、张扬个性的思想的催化下悄然兴起，至今已有百年历史。这一百年中，自传文学创作取得了一定的成绩，特别是21世纪初，可谓生机盎然。但同时，受政治、经济、文化等各种因素的影响，自传文学创作也存在诸多问题。本节拟对百年中国自传文学创作进行回顾与展望，使人们清晰地了解百年中国自传文学创作已有的成果与存在的不足，并在此基础上探讨今后为使自传文学真正走向繁荣所需突破的方向。

百年中国自传文学创作具有三个鲜明的特征，即创作时间的阶段性、创作主题的集中性和创作风格的多样性。基于此可以将百年中国自传文学创作按时间分成三个时期：第一个时期是20世纪初到1949年之前，是现代自传文学勃兴时期；第二个时期是1949年到1978年，这是新中国成立后自传文学创作停滞时期；第三个时期是1979年至今，是当代自传文学创作喧闹时期。

（一）勃兴时期的自传文学

在现代自传文学勃兴时期，自传不仅华丽地完成了从古代到现代的转型，而且以其优异的品质奏出了时代的强音。现代自传所具有的以下两个特色是其品质优异的保证。

第一，自传作者绝大多数是闻名遐迩的文学家，或者拥有浓厚的国学背景，或者有着夺目的留洋经历，或者两者兼具。与后世自传传主身份多样化不同，20世纪前半个世纪中的自传作者在中国现代文学史上大多声名赫赫，五四新文化运动著名领袖胡适，他不仅是现代文人中大力倡导自传创作的第一人，而且身体力行地创作了近八万字的《四十自述》，对自己二十六岁之前的人生经历进行了较为全面的回顾和展示。富阳才子郁达夫对日记与自传创作均有独到的研究，著有《日记文学》《再谈日记》两篇专论，在对日记文学理论进行探讨的同时，于1926年11月3日至1927年7月31日写下了《日记九种》，并于1934~1936年发表了10篇自传性作品。其中，《水样的春愁》《海上》《雪夜》等作品深受卢梭自传《忏悔录》的影响，其"自我暴露程度之深、文学艺术性之高，在中国现代传记文学发展史上屈指可数"①。被誉为"中国新诗奠基人"的郭沫若，从20年代末至40年代中期，创作了总计有4卷一百一十万字的《沫若自传》，成为中国有史以来最长的自传作品。此外，沈从文、巴金、林语堂、庐隐、瞿秋白等文学巨匠，均在三四十年代创作出一批高质量的自传作品。值得注意的是，在这一时期的自传作者中，如胡适、郁达夫等人，都有相关传记理论问世，这往往是当代传记作家所不具备的。

第二，自传作品往往通过记叙传主的人生经历，展现历史的风云变幻，在审视人生中传达生命的感悟。与当代自传作品常常局限于"小我"写作不同，现代自传作家因为有着较为宽广的眼界和深厚的历史底蕴，其作品在展现广阔的中国近现代史的历史画面、反思人生、体悟人性等方面均有丰厚的斩获。叶圣陶的《辛亥年日记》不仅还原了苏州辛亥革命惊心动魄的场景，而且写出了"一个青年人受辛亥革命爆发的触动和对未来的憧憬。他们的自我意识与经历的历史密切交织在一起"②。《从文自传》创作于1931年，在八万余字的自述中，沈从文追忆了二十

---

① 俞樟华、姚静静：《地域视野下的郁达夫自传研究》，《浙江师范大学学报》（社会科学版）2011年第1期。
② 杨正润主编《众生自画像——中国现代自传国民性研究（1840—2000）》，上海人民出版社2009年版，第126页。

年的人生经历，将"乡下人"的自我觉醒与历史的腥风血雨、城乡的巨大差异囊括一体。郭沫若在自传《学生时代》的序言里明确表示，其众多自传作品因"写的期间不同，笔调上多少不大一致，有时也有些重复的地方，但在内容上是蝉联着的，写的动机也依然一贯，便是通过自己看出一个时代"①。谢冰莹的《女兵自传》虽然"只是像卢梭的《忏悔录》一般忠实地把自己的遭遇和反映在各种不同时代，不同环境里的人物和事件叙述出来，任凭读者去欣赏，去批评"②，但作品所塑造的具有鲜明叛逆色彩的独立女性形象，成为"现代中国新女性形象的代表，浓缩了一个时代中国女性的命运"③。《女兵自传》先后被翻译成十几国文字，在世界范围内有一定的影响。其余如许钦文的《钦文自传》、蒋梦麟的《西潮》、邹韬奋的《经历》等，均能在个人历史的叙写中，表现民族的命运、国家的动荡，具有极大的启迪作用。

在现代自传文学的勃兴时期，自传文学与当代相比，数量不是很多，但由于作者大多具有深厚的文学和史学功底，作品在文学性与真实性的统一方面，以及社会功能和审美功能的兼顾方面，都有不错的表现，这对以后的自传文学具有很好的示范作用。在1981年人民文学出版社推出的"新文学史料"丛书和同年北京人民文学出版社出版的"名家自述丛书"，以及1998年江苏文艺出版社的"名人自传丛书"中，均有沈从文、朱自清、胡适等人创作于三四十年代的自传作品。因此，以文学家自传为主的现代自传文学在经历了时代的考验后必将越走越远。

（二）停滞时期的自传文学

因特殊的政治背景和历史环境，20世纪50年代初至70年代末，文学创作形成了特有的叙述模式，从作品内容、生产机制到流通途径无不印上了浓厚的意识形态色彩。受此影响，这30年间，自传文学进入了"停滞时期"，主要表现如下。

---

① 郭沫若：《少年时代》第十二卷，人民文学出版社1979年版，"序"第1页。
② 艾以、曹度主编《谢冰莹文集》（上册），安徽文艺出版社1999年版，第8页。
③ 杨正润主编《众生自画像——中国现代自传国民性研究（1840—2000）》，上海人民出版社2009年版，第243页。

第一，自传种类少、传主身份单一。新中国成立以后的30年，自传以回忆录为主，年出版作品不足100种，传主身份以革命者居多。此时以追忆个人生活与革命斗争密不可分关系的革命回忆录几乎"一枝独秀"。冯白驹的《红旗不倒》、葛振林的《狼牙山跳崖记》、杨得志的《大渡河畔英雄多》、吴运铎的《把一切献给党》、张友济的《一个红军的经历》等，将个人经历的特殊性吸纳进对革命的普遍性叙述中，通过对往昔的追诉来塑造革命英雄形象，承担教育、启迪的作用。这时期的革命自传，单本发行量大，如《把一切献给党》在五六十年代陆续印发过一千多万册，并被翻译成多国文字。陶承的《我的一家》短短几个月就发行了六百万册，并被改编成电影《革命家庭》，在国内引起巨大反响。有些革命作品甚至感染了一代人。

第二，自传文学性差，传主形象单薄。这一时期的革命自传往往专注于体现传主革命精神、崇高品格，口号性、鼓动性的语言较多，对故事本身的文学化描写较少。且在讲述故事过程中存在夸张、片面的问题，传主形象因而塑造得比较粗糙，不够细腻，革命人物常有"理想化"倾向。

末代皇帝爱新觉罗·溥仪的一生充满传奇色彩，其自传《我的前半生》是60年代罕见的非革命性自传。作品具有丰富的史料价值，对于研究清朝与民国，乃至现当代历史，都有很高的学术价值。但作品着重于事件的简单描绘，缺乏文学色彩，有些叙述甚至有晦涩之嫌，给阅读造成了一定的障碍。

周作人的《知堂回想录》和曹聚仁的《我与我的世界》是这一时期自传中的亮点。这两部作品均是70年代出版于香港。前者文笔冲淡平和，且幽默感强，具有很强的可读性。但对一些重要历史事件，如成为汉奸、兄弟失和等的回避，使其无法跻身一流传记。后者则贯彻法国著名传记作家安德烈·莫洛亚的传记文学观，将传记的真实性与文学性融为一体，使之成为"一本既有重要的史料价值又极具文本意义的典范的传记文学作品"[①]。

[①] 来华强：《论曹聚仁〈我与我的世界〉的传记文学特质》，《河南大学学报》（社会科学版）2005年第3期。

整体而言，这一时期的自传创作与其他的传记种类一样，滑入了一个低谷。

(三) 喧闹时期的自传文学

党的十一届三中全会以后，随着政治上的拨乱反正，思想桎梏的解放，出现了传记创作的大丰收，自传也不例外。八九十年代，学者、作家、影视演员、体坛名将、企业家等，纷纷出书立传。进入21世纪以来，自传创作更是热闹非凡。在政治与经济、传统与西化、文化氛围与价值导向的多重矛盾激荡下，当代自传创作呈现出以下四个特色。

第一，艺人自传盛况空前，但政治家自传鲜少问世。20世纪80年代以来，出版物发行行业市场化程度不断提高，社会热点人物成为出版社争相追捧的对象，活跃于荧屏的影视演员、主持人、体坛名将与企业家高调登场。20世纪90年代中期，上演了改革开放以后艺人传记的第一次大爆发。在倪萍、杨澜等央视主持人领衔"主演"下，姜昆、黄宏、刘德华等一批艺人相继推出自传。21世纪艺人自传依然炙手可热，央视主持人白岩松、水均益、敬一丹、柴静等纷纷讲述着自身的奋斗历程，部分大陆与港台明星也不甘寂寞，纷纷出书立传。在刘翔、姚明的自传均反响平平的背景下，2012年，趁着伦敦奥运会的东风，杨威、林丹、刘璇等体坛名将都推出了自传。这些自传中，不乏一人著有多篇自传的现象。例如，20世纪90年代著有自传《凭海临风》的杨澜，21世纪又出自传《一问一世界》，回首二十年职业生涯。陈凯歌于2001年推出《少年凯歌》一书，直面自己的少年时代，因作品富有自省和批判精神而受到一致好评。2009年，陈凯歌在《少年凯歌》的基础上新增四万字重新出版自传《我的青春回忆录》，并在该书的扉页上打出"陈凯歌自传第一部"的字样，宣称接下来还要出第二部、第三部。21世纪房地产行业发展得如火如荼，与影视演员一样，地产大亨也备受追捧，接连推出自传。万科总裁王石相继推出《道路与梦想：我与万科20年》与《大道当然：我与万科（2000—2013）》两本书，宣称是自传的姊妹篇。有别于古人立传的审慎，当代自传更大程度上是市场化运作的产物。正如杨正润所言，艺人传记"是大众文化的重要形式和宠儿，它在散布虚假的信息，诱骗青年读者沉迷于虚假的'明星梦'，发挥着大众文化抹杀社会矛盾、粉饰太平的功能，成为社会的凝固剂"①。与艺人传记的热闹喧嚣形成鲜明对比的是政治家自传。与西方政治家卸任后几乎都会出版自传不同，我国当代政治家鲜少会创作自传。但也有例外，李岚清卸任后，先后出版了一系列自传性的作品，如《李岚清教育访谈录》《李岚清音乐笔谈》《音乐·艺术·人生》，展示了其多姿多彩的人生。政治家自传的缺少与我国政治家极度强调自己的社会身份而不是个人身份的观念息息相关。

第二，最具思想深度的自传是反思性、忏悔性自传。1978年，巴金率先创作回忆性散文集《随想集》，拉开了反思"文革"、反思历史的传记序幕。此后，《胡风回忆录》《十年一梦——徐景贤文革回忆录》《吴法宪回忆录》《王力反思录》等自传先后问世，这些集史料性与思想性于一体的自传将人们对"文革"的思考推向了一定的高度。与此同时，卢梭式的忏悔意识也在当代自传中时有闪现。冯至曾指出："中国文学里也没有奥古斯丁、卢梭那样坦率的'自白'或'忏悔'。"② 诚然，中国文人的忏悔意识自古就极为匮乏，但受西学东渐的影响，现代知识分子面临着灵与肉的激烈冲突时，也曾有内心的忏悔。曾与鲁迅一起筹办《语丝》月刊的现代作家章衣萍于1928年写作了《倚枕日记》，不仅在日记中大胆、直露地描写了性，而且在为日记所作的"序"中表达了对卢梭的高度认同："我在这些日记上不曾丝毫将自己粉饰。我也同那可怜而伟大的卢骚一样，大声疾呼的说：'这就是我所做的，这就是我所想的，这就是我自己。'"③ 新中国成立后，曾任人民文学出版社社长的韦君宜于1998年出版自传《思痛录》，以一个老革命家的身份忏悔了自己在新中国成立后历次政治运动当中的不光彩的表现，"作者将心灵和历史

---

① 杨正润：《现代传记学》，南京大学出版社2009年版，第261页。
② 冯至：《一夕话与半日游》，《世界文学》1981年第5期。
③ 章衣萍：《倚枕日记》，北新书局1931年版，第1~2页。

放在天平的两端,而无论如何想要达到平衡,就必须要加注鲜血作为代价"①,作品具有极高的思想性。

第三,重视对传主个性的袒露,肯定对自我价值的追求。邓晓芒认为,作为一种体验型的文化,中国传统文化的弊端在于"缺乏自我意识"②。但改革开放以后,特别是90年代中期以来,受西方浪漫主义思想的影响,个性主义和自我意识思潮对中国文学产生了极大的影响,人们开始从事无关乎民族、国家的"私人化写作",将笔触专注于个人内心的体悟,宣扬个性主义、追求自我价值的实现。受此影响,自传文学也不再背负沉重的国家民族使命、社会政治任务,转而大胆书写个人的内心需求,认同对个人利益的追求。1983年,刘晓庆在《我的路》中发出的"做人难。做女人难。做名女人更难。做单身的名女人,难乎其难"③的感慨成为80年代女性追求自我的名言。而她在1995年出版的另一部自传《我的自白录——从电影明星到亿万富姐儿》中对爱情、婚姻的告白更是真实得让人无法接受。

> 没有人为我去离婚。尽管我如花似玉、柔情万种,尽管我聪慧、善解人意、年轻美貌并且有名。没有用。离婚太复杂了。他们害怕并且也会在这相当于死一条命的离婚大战中间失去声誉,失去前途,失去一切,然后再失去我。④

这种不追求崇高,不关心理想,只在乎个人感受宣泄得是否淋漓尽致、个性思想体现得是否痛快酣畅的书写模式,在20世纪90年代以及21世纪的自传创作中受到一批作家的追捧:余秋雨的《借我一生》⑤对

---

① 康粟丰:《〈思痛录〉及其忏悔意识——兼论新时期自传文学对历史的反思》,《柳州师专学报》2003年第4期。
② 邓晓芒:《康德宗教哲学与中西人格结构》,《湖北大学学报》(哲学社会科学版)1998年第5期。
③ 刘晓庆:《我的路》(连载之一),《妇女之友》1983年第9期。
④ 刘晓庆:《我的自白录——从电影明星到亿万富姐儿》,上海文艺出版社1995年版,第102页。
⑤ 余秋雨:《借我一生》,作家出版社2004年版。

传主出身的高贵与知识的渊博的反复渲染使人咋舌；而周国平的《岁月与性情：我的心灵自传》① 因传主个性被塑造得近乎完美而遭到了质疑。

第四，口述自传悄然升温，且越来越受到历史学家的重视。由毛泽东口述、修订，美国记者埃德加·斯诺笔录、整理的《毛泽东自传》开我国现当代口述自传的先河。该书以第一人称的口吻讲述毛泽东自少年时代至第二次国内革命战争时期的经历，具有很高的史料价值，"它提供了毛泽东史料、中共史料、红军史料等多方面第一手珍贵史料"②。该书从 30 年代末至 40 年代末在解放区和国统区广为流传。由胡适口述，旅美学者唐德刚整理、翻译的《胡适口述自传》在 20 世纪 80 年代在国内出版后，在学界引起广泛的瞩目，且使"口述自传"这一特殊的文体渐为国内学者所认识和接受。20 世纪 40 年代，美国哥伦比亚大学建立了世界上第一座现代口述历史档案馆，从 1958 年起，该校学者 C. Martin Wibur 和 FranklinL. Ho 有计划地采访了当时寓居美国的对中国现代历史产生过重大影响的各界要人。唐德刚作为哥伦比亚大学教授，也积极参与到此项目中。此后，口述自传在台湾和大陆得到不同程度的发展。台湾"中央研究院"近代史研究所在郭廷以的带领下，于 20 世纪 50 年代开展口述历史的工作。六七十年代，与哥伦比亚大学合作，并得到美国经费资助，取得丰硕的成果，采访对象以各界要人为主。80 年代以来，以专题访问的形式将采访对象拓展至芸芸众生，至今已访问千余人。且自 1982 年至今，台湾"中央研究院"近代史研究所陆续刊出百余册口述自传，引起较大反响。大陆口述自传相比于台湾，起步晚，规模小。1964 年群众出版社出版了由溥仪口述、李文达整理的《我的前半生》，在海内外引起极大的轰动。1978 年北京大学出版社选取一些文化名人，如萧乾、何满子、朱正等人，推出"口述自传丛书"，深受好评。2003 年起，中国社会科学出版社开始不定期推出"口述自传丛书"，以各领域知名人士为主，包括舒芜、文强、黄药眠等人，但反响欠佳。2011 年湖南教育出版社推出了"20 世纪中国科学口述史"丛书，刊发了包括杨

---

① 周国平：《岁月与性情：我的心灵自传》，人民文学出版社 2009 年版。
② 周一平：《〈毛泽东自传〉初探》，《浙江学刊》1993 年第 5 期。

纪珂、黄培云、凌鸿勋、伍连德、徐利治等科学家在内的口述自传，在业内产生较大的影响，获第五届吴大猷科普著作奖。这种由采访者和讲述者共同完成的口述自传有着巨大的发展前景。

20世纪80年代以来，传记文学以令人惊讶的速度迅猛发展。特别是21世纪以来，"传记热"席卷书市。每年有上万部的长篇传记问世，规模远超每年仅千余部的长篇小说，且其中发行量过百万册的不在少数。图书大厦中传记专柜与日俱增，专门经营传记文学的书店也已在北京悄然开业。当代自传创作取得的成绩是有目共睹的，但不能回避的是，其中也存在如下问题。

一是传主的多样性导致自传作品的良莠不齐。不同于现代自传作者以学者、文人居多的状况，当代自传的作者中充斥着影视演员、体坛名将、企业家等人物。他们中也有一部分人文学素养较高、作品备受赞誉，如IT巨头李开复，其自传《世界因你不同》通过讲述他那鲜为人知的成长史、风雨兼程的成功史和烛照人生的心灵史，劝导人们从既定的模式化的生活中脱离出来，去尝试实现童年的那个梦想，作品深刻影响了一批年轻人。央视主持人柴静于2012年出版的自传《看见》，被视为既是柴静个人在央视十年成长的"告白书"，也是中国社会十年变迁的备忘录。但也有些自传存在请人代笔、简单拼凑的"快餐"型现象，其质量堪忧。

二是部分自传存在媚俗化倾向，以盲目追求金钱、名利，暴露隐私博人眼球。有些自传在取书名时就宣导金钱至上的理念，如《邱永汉赚钱自传》《20个月赚130亿：YouTube创始人陈士骏自传》；有些自传满纸陶醉于对追求到名利的满足，如对现有成就与社会地位过于自满。自传需传达正能量的主题思想仍是当代自传文学努力的方向。

三是自传创作手法较为单一。我国自传创作往往以历史的回顾、经验的总结为创作宗旨，文学的描写成分过多，而社会学、历史学、心理学的分析方法较少运用到自传中去。作者注重材料的累积而忽视对事实的阐释，专注于塑造"这样一个人"，而不去解释为什么会成为"这样一个人"。创作手法的单一使得自传往往只停留于对表层面目的刻画，而不能触及传主心灵的深层,读者因而缺乏共鸣。

(四)自传文学的未来发展

回顾百年自传文学创作历程,不难发现,在其呈现出鲜明的阶段性的同时,每一阶段自传作品创作主题也具有一定的集中性,而创作风格则渐趋多样性。21世纪以来,自传创作呈蒸蒸日上之态,毫无放缓的迹象。今后自传创作、出版应从单纯地追求规模化,转向注重品牌化运作;从片面追求发行量,转向注重精品的打造,使得自传市场真正走向繁荣。为此,应从以下三方面寻求突破。

其一,应成立专业性学术研究机构,对传记文学,包括自传文学展开理性的研究、批评。尽管当前传记创作热火朝天,但传记批评却极为萧条。专业性学术研究机构的设置几乎处于空白状态,传记作家往往是闭门造车,和国内外传记作家、传记研究者缺乏交流,虽然传记作品不少,但真正为人称道的、能够传世的精品佳作却不多。传记批评的加强迫在眉睫。

其二,规范出版行业,树立自传品牌经营的战略理念。出版社不应以金钱至上的指导思想选取传主,而应关注作品的审美功能和社会功能,从而对青少年人生观的树立起到积极作用。国内威望高、有实力的出版社应率先推出高质量的自传系列,以促进出版市场健康、有序发展。同时,应由政府、出版界、研究机构等多方共同协作,定期进行高规格的传记文学评奖活动。1917年,美国著名的普利策奖就设立了"传记和自传奖",这可以极大地促使传记文学走上精品化之路。

其三,将优秀的传记作品,包括自传作品翻译成各国文字,推向国际文坛。我国现当代自传不乏高水平的作品,如瞿秋白的《多余的话》、钱理群的《我的精神自传》、刘道玉的《一个大学校长的自白》等,应及时将它们翻译成各国文字,以期扩大影响力,促进传记文学的全面发展。

三 综述:百年传记文学理论研究回顾与展望

中国真正具有现代意义的传记文学的诞生是在19世纪末20世纪初,

而将"传记文学"作为一种独立于史的文学样式进行研究则开始于20世纪初,至今已有百年的历史。在这一百年中,尽管有胡适、郁达夫、朱东润等文学泰斗的疾声呼吁、身体力行,但传记文学的发展却是艰难而又曲折的,对传记文学的研究更是举步维艰。进入21世纪以来,传记文学的创作可谓遍地开花,而理论的严重滞后则在一定程度上直接导致了传记出版的无序性和传记写作的随意性。[1]

百年传记文学理论研究具有三个鲜明的特征,即研究时间的阶段性、研究方向的集中性,研究成果的零碎性。基于此可以将百年传记文学理论研究按时间分成三个时期:第一个时期是20世纪初到1949年之前,是现代传记理论兴起时期;第二个时期是1949年到1978年,这是传记理论停滞时期;第三个时期是1979年至今,是当代传记理论初步丰收时期。

(一) 现代传记理论兴起期

在现代传记理论兴起时期,梁启超、胡适、郁达夫、朱东润是其中的坚实力量,一些传记文学的基本概念、基本理论在这一时期被提出。"新史学"的拓荒者梁启超成为中国传记文学创作现代转型的关键人物。在理论上,梁启超认为传记的写作要强调写出传主的性格,这无疑是接近现代传记文学理论的。胡适则是现代传记文学理论真正的开拓者。他在传记文学的名称、创作等方面都提出了重要的理论,对三四十年代的传记创作,尤其是自传创作产生了举足轻重的影响。

在20世纪的前五十年中,传记理论的研究主要集中于以下几个问题。

(1)"传记文学"概念的提出。传记长期以来一直被国人认为是隶属于历史的一种表述方式。直到清代,《四库全书总目提要》仍把"传记类"放在史部,而且把"传"与"记"分开称:"叙一人之始末者为传之属,叙一事之始末者为记之属。"[2] 梁启超虽明确提出"传记"概

---

[1] 陈兰村:《20世纪中国传记文学的历史位置及其基本走向》,《学术论坛》1999年第3期。
[2] 四库全书研究所整理《钦定四库全书总目》(整理本),中华书局1997年版,第820页。

念，但也认为传记属于史学范畴。1902年，他在《东籍月旦》中将日本历史书籍分成八类，最后一类就是传记。① 他同年发表的《新史学》中有一章"中国之旧史"，把旧史学分成十种，第六种就是传记，传记又分为通体、别体两大类。② 学术界长期以来认为，首先将传记脱离于史纳入文学的范畴、最早提出"传记文学"名称的应是胡适，并将时间锁定于1914年9月23日。胡适在当天的日记中题有"传记文学"一词，③ 此后，胡适又多次以"传记文学"为题在北京、上海、台湾作讲演。继胡适之后，郁达夫在1933年9月4日《申报·自由谈》上发表随笔《传记文学》，又在1935年写过《什么是传记文学？》一文④。茅盾也曾于1933年11月在《文学》上发表过题为《传记文学》的文章。此后，传记文学一词被广泛应用，成为当代最具权威的传记术语。

（2）文学性和真实性问题，以梁启超为代表的学者认为传记必须绝对忠实于历史，所谓忠实，就是"对于所叙述的史迹纯采客观的态度，不丝毫参以自己意见"⑤，他认为传记属于史学范畴，而胡适、郁达夫等人则在将传记归属于文学的同时，强调文学性与真实性的同等重要性。这两种针锋相对的言论在此后近百年的传记理论探讨中一直存在，且愈演愈烈。人们一直对如何把握传记的文学性与真实性尺度、传记写作是否允许艺术性的虚构存在等问题进行争论。

（二）传记理论停滞期

在第二个时期中，有关传记理论的探讨主要集中在传记真实性方面。新中国成立初期，传记创作主要是一些英雄人物传和革命回忆录，对英雄人物的创作往往有理想化的描写倾向。20世纪50年代，传记文学的真实性问题便引起传记作家和批评家的关注。《文艺报》1956年第22期

---

① 梁启超：《饮冰室合集：专集》之四，中华书局1936年版，第90页。
② 梁启超：《饮冰室合集：专集》之九，中华书局1936年版，第2页。
③ 胡适：《胡适留学日记》，海南出版社1994年版，第253~254页。
④ 郁达夫：《什么是传记文学？》，《郁达夫文集》第六卷，花城出版社、生活·读书·新知三联书店香港分店1983年版，第283页。
⑤ 梁启超：《中国历史研究法补编》，《中国历史研究法》，上海古籍出版社1987年版，第157页。

发表了张羽的《传记文学的真实性》和苏中的《传记文学的"真实"》。苏中的《传记文学的"真实"》认为"复杂生活的更高的真实"要比"细节都很真实"来得更重要,如果作品"对真实生活的复杂性揭示得并不很够","即或是细节都很真实,但也很难说这样的作品的真实性很高",因而对传记文学的真实性问题,不应"太多计较某些枝节问题"。苏中的"真实"是允许一定细节虚构的"真实",是"生活本质"的"真实",代表了那时的主流话语。与此观点直接相对立的是井岩盾发表在1959年第5期《文学评论》上的文章《真实和虚构——关于特写、传记、回忆录等一个基本问题的讨论》。作者旗帜鲜明地指出:"特写、传记、回忆录等这一类文学作品,必须严格地遵循真人真事这条原则,决不能够容许虚构。"井岩盾将虚构完全剔除于传记创作之外,继承了梁启超的学术观点。20世纪60年代初,周作人在自传《知堂回想录》的后记中指出,"'真实与诗'乃是歌德所作自叙传的名称,我觉得这名称很好,正足以代表自叙传所有的两种成份","真实当然就是事实,诗则是虚构部分或是修辞描写的地方"。[①] 在这里,周作人明确提出传记创作首先必须描写"事实",其次,还必须有"诗性",即要有一定的文学修辞性。至于修辞或虚构该掌握怎样的"度",周作人没有更细致地剖析。同样完成于60年代初的是朱东润的《陆游传》,作者在"自序"中说:"传记文学是史,同时也是文学;因为是史,所以必须注意到史料的运用;因为是文学,所以也必须注意人物形象的塑造。在史料运用方面,从搜集到掌握,从考订到识别,中间有一段相当复杂的过程。可是讲到人物形象,问题还要多些。传记中的传主,无论作者主观的意图如何力求和史实符合,其实一切叙述都必须通过作者的认识,所以传主是不是和史实符合,主要还要依靠作者的认识。因此传记文学中的传主,正和一般文学中的主人公一样,是作者创造的成果。所不同的在于传记文学的作者,有责任通过自己的学习,求得对于传主的全面认识。"[②] 新中国

[①] 周作人:《知堂回想录》,止庵校订,河北教育出版社2002年版,第506页。
[②] 朱东润:《陆游传·自序》,《朱东润传记作品全集》第一卷,东方出版中心1999年版,第47页。

成立后问世的大量自传、回忆录,如茅盾的《我走过的道路》、冰心的《记事珠》、张恨水的《写作生涯回忆》、姚雪垠的《学习追求五十年》等,由于受特定历史环境的影响,往往把回忆录变成对经历往事的综录,对一些历史是非不愿做直笔评价,使许多话题依然烟云难辨。因此,在20世纪60年代,能旗帜鲜明地提倡写"事实",这无疑需要极大的勇气和超人的见识。曹聚仁也强调传记的文学性,认为一部好的传记应是用完美的艺术形式来表现真实的资料,而不是一篇纯粹的历史文献。然而,他的这些观点并没有被及时地发表,直至20世纪80年代才得以与世人见面。总体而言,1949年到1978年,传记文学理论的收获是不多的。

(三) 当代传记理论初步丰收期

党的十一届三中全会以后,随着政治上的拨乱反正,思想桎梏的解放,80年代出现了大量政治人物传,90年代,学者、艺人、企业家等都成为传记创作的对象。进入21世纪,传记创作"热"一直没有降温的态势。近三十年来,传记理论也呈现了一定的规模,并在以下两方面做出了突破。

首先,开始出现具有一定成就的研究专著,极大地提升了我国传记研究的规模和深度。相继出版的有陈兰村、张新科的《中国古典传记论稿》(1991),朱文华的《传记通论》(1993),李祥年的《传记文学概论》(1993),韩兆琦的《中国传记艺术》(1998),郭久麟的《传记文学写作论》(1999)和《传记文学写作与鉴赏》(2003),李战子的《语言的人际元功能新探——自传话语的人际意义研究》(2000),俞樟华的《中国传记文学理论研究》(2000),赵白生的《传记文学理论》(2003),何元智、朱兴榜的《中西传记文学研究》(2003)。这些专著为我国传记文学的理论批评做出了开拓性的贡献。其中,朱文华的《传记通论》是国内第一部传记理论专著。该书第一次从传记学的角度详述了传记理论与实践的许多问题。特别是其中的理论篇,对传记释义、传记作品的分类、传记作品的基本要素和功用、传记作品与其他学科的联系等问题都进行了系统而深入的探讨。并且,认为"传记学"带有边缘学科性质的认识无疑是具有一定深度的。与朱文华谈传记作品多取史传有所不同，差不多与朱著同时出版的李祥年的《传记文学概论》则将传记文学作为一门独立的文学体裁进行研究。而俞樟华的《中国传记文学理论研究》的问世，则填补了我国古代传记文学理论批评的学术空白。

其次，传记理论研究的方向呈现出前所未有的多样化，且具有相当的理论高度。20世纪80年代至今，传记的定义、传记的真实性与文学性依然是学界探讨的焦点问题，但与此同时，也出现了其他方面的传记理论成果。例如，韩兆琦的《中国古代传记文学略论》[1] 认为我国古代传记文学可大致分为"史传"、"散传"、"类传"和"专传"四大类，且具有五个突出的特点：其一有明确的功利性；其二有鲜明的人物性格和生动的故事情节；其三有强烈的抒情色彩；其四是篇幅短小，易于诵读；其五是文字凝练，语言精美。俞樟华的《论古代传记的写作目的》[2] 和何元智的《简述传记文学的功能》[3] 分别对古今传记的目的、功能进行了探讨。俞樟华认为古代传记作者除司马迁具有自成一家之言的写作目的之外，其他传记作者都是以扬善除恶，有益于教化、有利于借鉴为传记写作的主要目的，很少有人从美学欣赏的角度来确定自己的写作目的，这就使传记成了"载道""征圣"的工具，从而严重阻碍了传记文学的发展。何元智则认为当今传记文学具有记忆、教化和激励三方面的功能。何元智的《论中外传记文学的主题嬗变》[4] 和郭久麟的《略谈传记文学的主题提炼》[5] 则对传记的主题演变和如何提炼主题提出了自己的见解。何元智指出，传记文学的作者在叙事描写、刻画人物性格和评论传主的是非曲直和思想感情等方面，往往要介入自己的主观认识，以致受到来自权势阶层或社会舆论的干预。而且这种干预还会随着人类社会的发展而不断变化，从而使传记文学的主题也随着时代的变迁而逐渐

---

[1] 韩兆琦：《中国古代传记文学略论》，《北京师范大学学报》（人文社会科学版）1997年第4期。
[2] 俞樟华：《论古代传记的写作目的》，《浙江师范大学学报》（社会科学版）1999年第2期。
[3] 何元智：《简述传记文学的功能》，《荆门职业技术学院学报》2004年第2期。
[4] 何元智：《论中外传记文学的主题嬗变》，《四川外语学院学报》2004年第4期。
[5] 郭久麟：《略谈传记文学的主题提炼》，《重庆广播电视大学学报》2001年第1期。

发生嬗变。郭久麟提出，在传记文学创作中主题居于重要地位。传记文学主题要达到正确、深刻、新颖的要求，须把握主观与客观、理想与现实等诸关系对主题作提炼。李祥年的《论传记文学与心理学的关系》[①]和《略论传记文学的伦理学因素》[②]则侧重探讨传记与其他学科的关系。辜也平的《中国传记文学创作的现代转型》[③] 和《论中国现代传记文学的民族特色》[④] 两篇文章，侧重探讨了中国传记文学如何实现古今转型，以及中国现代传记文学与中国传统传记之传承关系。而张新科对传记文学写作目的的探讨，无疑是这一时期的一个亮点。他将视角投射到读者身上，认为"传记文学的终极目标是让传主的生命走向永恒的时间和无穷的空间。读者的消费与阅读是这个目标实现的基础……读者的接受则是传记终极目标实现的关键"。张新科进一步指出，"消费与接受，是对传记生产的一个重要的、长期的检验过程，经过检验，经典性的传记作品跨越时间，超越国界而为历代消费者共享"。[⑤]

值得关注的是，这一时期在对传记理论多方面出击的同时，研究呈现出两个显著的特征。第一，对西方传记理论的"为我所用"。这一时期出现的传记理论家，如杨正润、赵白生、王成军等人，都自觉地将西方的传记理论与实践和当前国内的传记创作相结合，进行理性地批判。例如，杨正润《论传记的要素》一文，[⑥] 在重点考察西方传记漫长的写作演变的基础上，认为传主的生平、传主的个性或人格，以及传主人格发展的解释，这三种要素构成了传记强大的生命力。赵白生的《传记里的故事——试论传记的虚构性》引证西方作家、批评家对传记的真实性的质疑，从传记人物、传记叙事和传记作家这几个角度全面地探讨了传记的虚构性，指出："事实上，比较公允、准确的定义应该是，传记既不是纯粹的历史，也不完全是文学性虚构，它应该是一种综合，一种基于

---

① 李祥年：《论传记文学与心理学的关系》，《复旦学报》1994 年第 1 期。
② 李祥年：《略论传记文学的伦理学因素》，《文艺理论研究》1994 年第 3 期。
③ 辜也平：《中国传记文学创作的现代转型》，《中山大学学报》（社会科学版）2004 年第 4 期。
④ 辜也平：《论中国现代传记文学的民族特色》，《文学评论》2005 年第 2 期。
⑤ 张新科：《消费与接受：传记终极目标的实现》，《文学评论》2004 年第 5 期。
⑥ 杨正润：《论传记的要素》，《江苏社会科学》2002 年第 6 期。

史而臻于文的叙述。因此，在史与文之间，它不是一种顾此失彼或重彼轻此的关系，而是一种由此及彼、彼此互构的关系。"并且，"无论从哪一个角度入手，我们都看到了相同的结论：传记具有不可回避的虚构性"。[1] 这些对西方理论的借鉴无疑可以改变我国传记理论匮乏的现状，但如何更好地"中西结合"则是一个长远的课题。

第二，受西方对自传高度关注的影响，国内这一时期也出现了较多的自传理论。20世纪90年代，随着文坛自传创作热潮的涌现，我国也产生了较多自传文学批评理论。赵白生发表于《北京大学学报》2002年第4期的《"我与我周旋"——自传事实的内涵》一文，认为中国古代的自传文虽然表现了丰富各异的自我，但它们还不是严格意义上的自传。自传事实的内涵应该包括两个方面：展示自我生成的事实和经验化的事实。王成军和王炎合著的《文本·文化·文学——论自传文学》[2]从文本、文化、文学三个层面探讨自传文学理论，而他的《论时间和自传》[3]一文则认为讨论自传的真实性没有多少理论意义和实践价值。此外，杨正润的《中国自传：现代性的发生》[4]、李战子的《语言的人际元功能新探》[5]使我国自传文学的理论批评渐趋成熟。

（四）传记理论发展的展望

回顾百年传记文学理论研究史，可以发现，在其呈现出鲜明的阶段性的同时，传记研究方向也比较集中，传记文学的真实性问题始终是核心问题，与之相关的"传记和传记文学的定义""想象与虚构的区别"等问题也一直是传记理论家探讨的焦点。而屈指可数的传记理论研究专著则使得传记理论批评整体呈现出零碎性的特征。在总结百年传记文学理论成果的基础上，可以发现其中存在着一些迫切需要解决的问题，在21世纪，应在以下几个方面取得突破性进展。

---

[1] 赵白生：《传记里的故事——试论传记的虚构性》，《国外文学》1997年第2期。
[2] 王成军、王炎：《文本·文化·文学——论自传文学》，《国外文学》1997年第2期。
[3] 王成军：《论时间和自传》，《外国文学评论》2002年第2期。
[4] 杨正润：《中国自传：现代性的发生》，《荆门职业技术学院学报》2003年第2期。
[5] 李战子：《语言的人际元功能新探》，军事谊文出版社2000年版。

一是研究的系统化。20世纪传记理论成果的零碎性是有目共睹的，这有许多方面的原因。例如，研究队伍的不整齐，研究方向的无序性，"传记学"作为边缘学科不受重视、地位低下，等等。在21世纪，应加强对传记学科的建设和对专业理论人才的培养，发行专业的传记理论期刊，以使研究更为系统化、专业化。

二是研究的中西结合。当下对西方传记创作的介绍与理论的译介工作做得较多，而对如何借鉴西方传记创作中的得失，以及如何利用西方传记理论指导中国传记创作的研究还不够。在21世纪，应加强利用西方传记理论成果，并使之与中国已有的"本土"传记理论相结合，以期产生能更有效指导中国当今传记创作的理论成果。

三是将理论研究与创作实践紧密结合。如何更有效地将传记理论研究成果用于指导创作实践，创作更多的机会，使传记出版商、传记作家和传记理论家进行交流与探讨，改善当今传记出版现状，在21世纪，这将是一个严峻的任务。

四 关于中学生阅读传记文学的几点建议

所谓传记，《四库全书总目》释为："传记者，总名也。类而别之则叙一人之始末者，为传之属；叙一事之始末者，为记之属。"[①] 传记是一种具有强大生命力、不断发展着的文类，融历史性与文学性于一炉，在我国几千年的历史长河中，始终散发着独有的魅力。真实性、形象性与叙事性是传记文学共同的特性，不同年龄阶段的人都可以从阅读优秀的传记作品中汲取营养来充实自身。

（一）传记文学的阅读功效

只要有名人崇拜和好奇心理存在，中学生就会喜爱阅读传记。优秀的传记作品是学生在接受教育过程中十分有用的教材。其主要阅读功效有以下三点。

---

① （清）永瑢等撰《四库全书简明目录》，上海科学技术文献出版社2016年版，第177页。

1. 对中学生的人格塑造、性格形成具有深刻的影响。

梁启超提倡读传记，他在《国学要籍研读法四种》中谈到"二十四史"读法时指出："读名人传记，最能激发人志气，且于应事接物之智慧，增长不少，古人所以贵读史者以此。"[①] 勇敢、坚毅、善良等传主身上所具有的优秀品质都可能会在潜移默化中对学生造成影响，可以为处于青春期的中学生指引正确的方向。法国著名的传记作家罗曼·罗兰在《贝多芬传》的前言里写道："所以不幸的人啊！切勿过于怨叹，人类中最优秀的和你们同在。汲取他们的勇气做我们的养料罢；倘使我们太弱，就把我们的头枕在他们膝上休息一会罢。他们会安慰我们。"[②] 诚然，身残志坚、才华横溢的贝多芬的传奇人生是青少年成长路上绝好的"养料"，读过他的奋斗人生，人们还有什么可抱怨的呢？同样，奥地利作家斯蒂芬·茨威格写的《巴尔扎克传》有一段这样的描写："在巴尔扎克书房里，壁炉的上方摆放着唯一的装饰品——拿破仑的小塑像，这位征服者的凝视，使他感觉到了一种挑战。为了勉励自己，他在一纸条上这样写道：'他以剑开创的伟业，我将以笔来完成'。"[③] 可见巴尔扎克的人生也深受拿破仑的激励。因此，中学生通过阅读优秀传记从那些杰出人物身上吸取人生经验，可以为其建立正确的人生观、价值观服务。

2. 丰富中学生的历史知识，提高写人叙事的水平。

传记文学集历史故事与写人艺术于一体，创作不同历史进程中不同的传主形象。中学生阅读传记作品，既可以丰富其历史知识，又可以增长其写人叙事的水平。阅读李长之的《孔子传》，不仅可以更真切地了解孔子其人，还能了解春秋末战国初那段历史。又如，唐代王昌龄的《出塞》让人了解了唐代文人对汉代李广的热爱，但为什么会这样呢？可以从《史记·李将军列传》和《史记·卫将军骠骑列传》中找到答案。而传记的文学属性使得人们了解这些历史时比阅读普通的历史书籍更轻松、更有兴趣。

---

① 梁启超：《国学要籍研读法四种》，江西教育出版社2018年版，第155页。
② 傅雷译《傅译传记五种》，生活·读书·新知三联书店1983年版，第123页。
③ 〔奥〕斯蒂芬·茨威格：《巴尔扎克传》，攸然译，团结出版社2004年版，第98页。

阅读传记文学也是中学生提高写作水平的一条捷径。如何用环境描写衬托人物的个性？可以通过阅读沈从文的《从文自传》找到答案。怎样选择素材能更有力地烘托主人公的个性特征？艾芙·居里的《居里夫人传》可以很好地教会学生这个方法。人物怎样才能以真情感染人们？郁达夫的自传、日记、书信和回忆录都是"真实"写作最好的典范。

3. 中学生可以从传记作品中汲取人生的智慧

中学阶段人们总是对未来充满憧憬，如何少走弯路成就美好人生是每个中学生都会思考的，名人传记为他们指点迷津。林语堂的《苏东坡传》描绘了一个乐观者的人生图景，教人们如何在黑暗现实中积极进取、创造自己的精彩人生。陆键东《陈寅恪的最后二十年》中传主展现出的"独立之精神，自由之思想"强烈地冲击着人们的思想，让人们认真地思考个体价值实现的路径。与此同时，也可以让中学生阅读一些失败人物的传记，吸取他们的人生教训，避免走一条错误的人生之路。例如，阅读《史记·项羽本纪》可以明白缺乏长远目光、个性残暴对人生的极大破坏性。

（二）中学生阅读传记文学的建议

在市场经济影响下，当前的传记出版良莠不齐。中学生应该选择怎样的传记、阅读传记应该从哪些角度切入，这些问题都值得思考。

1. 传主选择要慎重

当前传记的出版量是非常大的，中学生在选择时应遵循以下三个原则。其一，传主从事的职业、人生的历程应对中学生有一定的启迪性。大多数的学生在中学阶段都会有对人生的展望，如希望成为一个科学家、文学家、企业家等，此时应引导学生去阅读相关人物的传记，这些传记对学生以后的人生更具有启迪意义。但从现有的阅读调查看，大部分的中学生都在选择影视演员、运动员的传记阅读，这部分职业其实大多数学生以后都不会从事，而且这些传记有时以热点炒作为主，对学生启迪意义不大，且部分自传由于作者文学素养不够显得庸俗。其二，传主品格优秀且价值观正确。虽然阅读失败者的传记可以让中学生吸取一定的教训，但这部分传记在写作时应具有强烈的是非导向性，毕竟中学生的人生观、价值观还没完全形成，作者不能给他们模棱两可的感觉。如《史记·项羽本纪》，作者用"太史公曰"劝导读者，表扬项羽灭秦的丰功伟绩，批判其个性中的残暴、优柔寡断、缺乏政治眼光。品格优秀的传主对中学生的影响也很深刻。新中国成立时期的国家领导人传记、五四时期的文化名人传记、为国家建设肝脑涂地的科学家传记、改革开放以后的企业家传记等，都是中学生极好的阅读素材，对塑造他们坚毅的性格、优秀的品格、积极进取的人生态度有着良好的促进作用。其三，传主在某一领域要有一定的影响力，能够引起中学生的崇拜心理。普通人的传记有着特殊的韵味，能够让大多数的读者看到自己的影子。但对于中学生而言，成功人士更能吸引他们的眼球，更具有说服力，也更能对他们今后的人生之路起到引导作用。因此，在选择传主时应以杰出人士为主，以此满足中学生偶像崇拜的心理。

2. 区分粗制滥造的传记和媚俗性传记

当前传记惊人的出版量使得人们在选择传记阅读时更需要一双"慧眼"。中学生在确定好传主后，还应注意以下几个问题，以避免阅读粗制滥造的传记和媚俗性传记。

第一，对传记写作真实性的辨认。区别于小说、散文等纯文学作品，真实性是传记的生命，这个真实性包括人物生平的真实与作者评价的真实。虚假的人生经历，以及对传主过高或过低的评价都是传记作品的致命伤。历史上，不乏虚假的人物传记，例如大文豪韩愈就写了不少谀墓作品。当今一些影视演员的传记中，可以看到不少作者对传主的阿谀赞颂，或艳羡其衣着首饰的华贵，或奉承其演技歌喉的精湛，甚或赞美其私生活的丰富多彩，这些传记很容易误导青少年，因此中学生不能选择此类传记阅读。甚至在一些企业家传记中，有虚构的"空手套白狼"的致富手段，这些都是需要读者认真辨认其真实性的。

第二，懂得欣赏与学习传记中各种写人手法。传记写作手法存在古今差异、中西有别之处，中学生在阅读时要注意学习那些雅俗共赏的写作手法。例如，司马迁在自传《报任安书》和《太史公自序》中为大家塑造了一个有理想，有信念的古代文人形象，其出色的文言文表述值得慢慢品味；

东方晓的《尼克·胡哲：我和世界不一样》讲述的是澳大利亚海豹症患者尼克·胡哲向命运抗争、永不屈服的人生，细节描写尤其让人记忆深刻；韦君宜的《思痛录》真诚地反思人生，大段内心独白令人感慨万千。

第三，为避免阅读低劣的传记作品，一流的作家、一流的出版社作品是人们的不二选择，而国外传记在选择时也应注意译者的水平。在介绍传记作品时，也可以向中学生推荐一些举世闻名的传记作家，他们的作品往往都是佳作。如奥地利传记作家斯蒂芬·茨威格，德国作家埃米尔·路德维希，法国作家罗曼·罗兰，法国作家安德烈·莫洛亚，英国作家安德鲁·霍奇斯，中国的司马迁、林语堂等人。一些国家级的出版社往往相对于较小规模的出版社在书籍的质量上更有保障一些。

3. 各种传记题材都要涉猎

传记种类众多，日记、回忆录、自传、他传、评传、画传、电影传记等都属于传记，每一种也都不乏优秀之作。例如，同是孔子传记，日本学者白川静的《孔子传》和匡亚明的《孔子评传》，以及周润发主演的电影《孔子》各有风味。又如同是鲁迅传记，曹聚仁的《鲁迅评传》与王晓明的《无法直面的人生——鲁迅传》，由于作者切入角度不同，虽然两部作品艺术水平都相当高，但呈现在人们面前的鲁迅却是不同的。此处尤其值得一提的是电影传记，中学生往往对这类作品较为感兴趣，可以选择其中的一些优秀作品给他们放映，例如美国朗·霍华德的《美丽心灵》，传主是20世纪伟大数学家小约翰·福布斯—纳什；英、法联合出品的菲利达·劳埃德的《铁娘子：坚固柔情》，传主是英国前首相撒切尔夫人；英、印、美联合出品的理查德·阿滕伯勒的《甘地传》，传主是印度民族解放运动领导人；美国富兰克林·沙夫纳的《巴顿将军》，传主是第二次世界大战美国著名的军事将领；英、澳、美联合出品的汤姆·霍珀的《国王的演讲》，传主是英国国王乔治六世；美国大卫·芬奇的《社交网络》，传主是Facebook创始人马克·扎克伯格；美国莫滕·泰杜姆的《模仿游戏》，传主是"计算机科学之父"艾伦·图灵；美国米洛斯·福尔曼的《莫扎特传》，传主是奥地利著名作曲家；英国詹姆斯·马什的《万物理论》，传主是英国著名物理学家斯蒂芬·

威廉·霍金；中国张建亚的《钱学森》，传主是世界著名空气动力学家。这些经典的传记电影，传主形象各异，从事的职业也五花八门，但都独具人格魅力，欣赏这些传记电影对中学生一定大有裨益。

五　中国当代传记文学选读

（一）读王晓明《无法直面的人生：鲁迅传》

1901年，鲁迅在《文化偏至论》一文中指出，文化"首在立人，人立而后凡事举；若道其术，乃必尊个性而张精神"[①]。这既是鲁迅的文化观，也是五四时期文学要旨所在。1993年，台北业强出版社和上海文艺出版社分别印行王晓明《无法直面的人生——鲁迅传》的繁体和简体字版。这部传记从思想旨趣到艺术手法都明显有别于80年代的文学性传记和学术性传记，令人耳目一新。

1. 着重展现传主内心的苦难

本传把对传主思想、精神的研究推到了首位，着重凸显鲁迅的精神危机和内心痛苦，从而展现其悲剧性的生命历程。

正如文学评论家孙郁所言："《鲁迅传》的重要之处不在于展示了新的理念，而是他对对象世界心理冲突的详尽分析。在王晓明笔下，鲁迅的神圣的一面被更多的阴郁与悲壮代替了。……鲁迅时代的苦难与鲁迅自身的苦难，在王晓明痛楚的笔下被复原了。"[②] 不同于以往传记作家对鲁迅伟大业绩、品格的单一化颂扬，王晓明在鲁迅历来被人津津乐道的光芒四溢的伟大一生背后，清晰地看到"这株有思想的芦苇"所具有的比同时代人更为浓厚的悲哀与无奈。在王晓明看来，鲁迅一生虽有著作等身的骄傲、被人崇拜的宽慰，也曾品尝过爱情的兴奋和欢愉，但与他整个的人生体验相比，这些情绪都太短暂了。生命更多赐予他的是作为一个不合"时"宜的知识分子的悲剧性体验，绝望与虚无仿若毒蛇般缠绕着他，令他不能思考、不能呼吸。

---

① 鲁迅：《文化偏至论》《鲁迅讲魏晋风度》，百花洲文艺出版社2021年版，第107页。
② 孙郁：《历史的宿命——王晓明与他的文学批评》，《当代作家评论》1995年第5期。

鲁迅生性敏感多疑，且10多岁时因家道的败落看到了社会和人性的卑劣与丑陋，从而养成了一种偏重于感受人生阴暗面的习惯。他向往革命，但又无法抑制住对革命者的怀疑；他虽积极投入五四新文化运动，试图"呐喊"几声，唤醒麻木的民众，但骨子里却对这场运动报以消极的想法。与人交往时，他因天性宽厚屡屡上当，之后便用刻薄自保，一度对几乎所有的人都充满怀疑，20世纪20年代时更是动辄与老友绝交，甚至对一向敬爱的母亲也生出几分不满。但令人悲哀的是，他还是不免常常上当受骗。而在追求一生不可或缺的爱情时，他对社会和人性根深蒂固的不信任表现得尤其触目惊心。不仅在开始与许广平交往时就表现得疑虑重重，徘徊复徘徊，而且在与许广平同居后的很长一段时间里依然"左顾右盼，如履薄冰"。社会是黑暗的，命运是多舛的，生命的尽头更是无可延宕的毁灭。如此毫无意义的人生又怎么可能让鲁迅去直面呢？他只能"独自在心里咀嚼人生的悲哀，陷入无法排遣的阴郁之中"，而悲哀再往前一步便是那虚无境地。

2. 揭开传主的精神内质

作者运用心理分析方法，在追索传主矛盾行为的内因，为其找到合乎逻辑的解释的同时，揭开传主被理性所掩盖着的精神内质。

这部传记在塑造传主形象时一改以往传记的浮雕式感性描写，注重用理性的目光审视传主痛苦的灵魂，剖析其心路历程。试以作者对鲁迅追求物质利益的分析为例。

自家道败落后，鲁迅作为长房长孙就义无反顾地负担起家族生活。他很早就知道没有钱什么事都干不成。因此，从1912年到1925年，他一直在北京教育部任职，甚至为了一个官职与章士钊打官司。而同时，他又积极参与五四新文化运动，功绩卓著，被人视为文坛上的一派领袖。王晓明认为，此时的鲁迅对精神的追求显然高于物质，做官对他来说是生活所迫，因而鲁迅内心一直被做官的痛苦所纠缠。王晓明以鲁迅反驳"陈西滢们"的抨击时的"笔软"为据，说明鲁迅实际上承认自己在北洋政府中做官是不光彩的。但到20世纪20年代末，鲁迅宣称要"积下几个钱"，并一再重复"积蓄点钱要紧"。这实在有违五四启蒙者重知识重精神的人生宣言。王晓明对此分析指出，这是鲁迅"那种看破了'义'的虚妄，先管'利'的实益要紧的虚无情绪"的反映。此时的鲁迅正陷于严重的精神危机，对整个人生的生存意义都加以怀疑，自然也对精神价值产生怀疑，从而更重物质利益。晚年的鲁迅对物质生活条件的依赖越来越大，并且一旦发现眼前的生活有可能改变内心就会十分恐慌。王晓明指出，这种对物质生活依赖的加强，正是鲁迅衰老的一种心理表现。正是心理上不自觉的软弱，承受力的减退，精神弹性的日渐消失，使得鲁迅将手中的物质牢牢抓紧不肯放松。

仅从全书中作者分析鲁迅的物质追求这一点，就可以发现作者注重从外在环境对人精神的异化这一角度去分析传主矛盾的行为，从而把握传主心境的发展，剖析其心路历程。更为可贵的是，作者将鲁迅心境的发展过程作为20世纪中国知识分子整体性精神悲剧的突出代表加以强调，从而把一个人与一个时代紧密相连。从鲁迅身上看到了五四一代知识分子共同的"精神家园"，而这与作者对时代、对人生严肃的思考和不懈的追问是分不开的。

3. 作者、传主、读者间的精神对话

作者采用第一人称的叙述语式，试图与传主、与读者进行一场高层次的精神对话，从而沟通两个时代的文化心理。

一如作者在该传"跋"中所言，在写作这部传记时，他强烈感受着鲁迅的愤懑，深切体会着传主的痛苦。因此，全书因认同鲁迅的悲剧而笼罩着浓烈的愤激与悲哀情绪。试看一段作者对鲁迅悲观情绪、虚无意识的分析评述文字。

> 从启蒙者的悲观和绝望，从对尼采和绥惠略夫的共鸣和认同，鲁迅一步步走进了虚无感。正是从这一串足迹，我看出了中国文人传统在他心灵上烙下的深刻印迹。……绝不是所有的人都能承受这样的悲观，没有对理想的信徒般的热忱，没有对人生终极意义的殉道式的执着，恐怕任何人都难以长久地承受它。……几千年来，从悲观向虚无主义转移，已经成为中国文人摆脱精神痛苦的一种自然

|传记文学新论|

本能，在许多时候，他们甚至用不着理智的牵引，便能下意识地完成这种转移。……鲁迅最终会走入虚无感，正是他和他那一代人精神上根深蒂固的传统性的一个触目的标志。①

在这一段理性分析文字的背后不难感受到作者逼人的主观情绪。从表面文字看，作者仅仅在分析鲁迅因受严酷生活的折磨而陷于悲观、绝望，虽也曾奋力拼搏，但最终难逃虚无的悲剧命运。而实际上，字字都指向作者自己的心境，在分析传主心灵的同时，作者也在剖析自己的精神实质。传主的心态与作者的心态在痛苦这一条线上紧紧相连，彼此认同。

正是由于认同，处于两个时代的传记作者与传主的文化心理沟通与精神情感交流才成为可能，作品也因此对正面临"感觉剥夺"状况的现代读者产生强烈的震撼；也正是由于认同，作者在塑造传主形象时有太多的主观情感参与其中，从而使作品的客观性受到了一定的影响。阅读这部传记，不难发现作者希望也尽力与读者进行精神对话。"你一定还记得……""你当能想象……"等类似的句子充斥书中。"我"希望读者——"你"能理解"我"以及"我"心目中的鲁迅。但不得不指出，作者炽烈的主观情感既妨碍了他对传主冷静的观察，也妨碍了读者对传主全方位、理性的思考。痛苦的鲁迅在一定程度上也可以说是不完整的鲁迅。

王晓明在与铁舞的访谈文章《向 21 世纪文学期望什么》中说，希望在 21 世纪的中国小说里面能够看见灵魂，能够读到灵魂的颤动。显然，在他自己的《无法直面的人生——鲁迅传》中读者已经读到了"灵魂的颤动"。2021 年，生活·读书·新知三联书店出版了王晓明《无法直面的人生——鲁迅传》的修订本。修订本虽然在史料上没有过多的增补，但段落句子的表达却调整了不少。抒情的长句子换成了短句子，原本中过多的惊叹号被句号代替，当年充斥全书的炽烈的主观情感换成了平实的叙述和尽可能不动声色的议论，这是作者的蜕变，也是时代的变革。

---

① 王晓明：《无法直面的人生——鲁迅传》，上海文艺出版社 1993 年版，第 85~86 页。

（二）读陆键东《陈寅恪的最后二十年》

20世纪20年代中期被聘为清华国学研究院导师的陈寅恪，在他67岁的生日酒席上吟诵过这样的诗句，"平生所学供埋骨，晚岁为诗欠斫头"；在他71岁与老友吴宓久别重逢时相赠的诗中也有"留命任教加白眼，著书唯剩颂红妆"的无奈之叹。陈寅恪晚年与世对峙的孤愤心理和世不能容的悲凉处境通过这渗着凛凛寒意的诗句被淋漓尽致地传达出来。"知我罪我，请俟来世。"这位去世后默默无闻了近30年的文化守灵人，神话般地借着岭南学人陆键东所写的传记《陈寅恪的最后二十年》（生活·读书·新知三联书店1995年版）在一夜之间声名大噪：人们尽情尽兴地话谈陈寅恪、漫说岭南文化，甚而细致入微地考证"恪"字的发音。与时下销售量惊人的当红艺人传记不同，《陈寅恪的最后二十年》具有浓烈的学术味、文化性，传主对于当今大部分中国人来说也并非耳熟能详。但这部（据1996年11月版）未经宣传包装的传记，出版仅1年时间就已4次印刷，印数达6万余册，应该读到此书的人们大都读到了。这不免令人困惑与不解，到底是什么让当今学界对它如此青睐呢？

1. 展示传主的文化人格

传主卓尔不群的人格魅力与激浊扬清的文化生命是这部传记撼人心魄、发人深省的首要因素。在陆键东看来，"所有的历史都将化为文化"[1]，历史只有包容了文化才显得有意义，因而与文化浑涵一体的生命成为他关注的焦点。

陈寅恪生命历程的多灾多难，与中国传统文化、中国学人的人文精神在现代的饱遭磨劫达到了惊人的同步。特别是陈寅恪生命的最后20年（1949~1969年），在失明与膑足的打击下，这位自负、自傲又清高的学人还不得不品尝着由被冠以"伪科学"与"假权威"的头衔所带来的屈辱与痛苦，各种身心的摧残对于一个生命已走向暮年的老人来说，达到了无以复加的地步。

与此相应，中国传统文化也在劫难逃地演绎着一段伤心的"痛史"。

---

[1] 陆键东：《1897的遐想》，《收获》1997年第1期。

| 传记文学新论 |

从1952年初，全国文化界、思想界、教育界等领域掀起的大规模"思想改造运动"开始，在此后长达20余年的时间里，文化遭到了一次比一次猛烈的冲击。

文化遭到了人为的破坏与摧毁，人也必然要承受由此带来的灾难：几乎整整一代人或生活在文化的荒漠中，或成为"文化"捉弄的对象，无知与愚昧使他们在激情的诱使下一无所获地过早消耗了青春与生命。尚可欣慰的是，在那非常的年代，还有少许知识分子，如陈寅恪、吴宓、刘节、梁方仲等人，依然在苦苦地捍卫着人道之尊和生命之美，"动心忍性以全副生命为民族文化的根命护持薪火或为古老文化续命弘道"①，使中国文化的血脉不致断绝而相传至今。其中，陈寅恪的文化人格与文化生命是最具迷人魅力和最见刚毅情怀的。他用生命践履着一生提倡的学术研究所应具有的"独立之精神，自由之思想"，认为"一切都是小事，惟此是大事"，为后世的中国学人提供了一种"在文化苦恋及极浓的忧患意识煎熬下生命常青的典范"，真正做到了与文化"共命而同尽"。在这个意义上说，这部人的传记也是一部文化的传记，它记叙的是文化中的精血与傲骨。

然而，在《陈寅恪的最后二十年》出版以前，陈寅恪这个名字对于大多数国人甚至一部分学界人士而言，仅是一个毫无意义的文字符号。人们既不知晓他的学术贡献、文化人格，更不明了他的生平家世、传奇人生。陆键东用大量鲜为人知的真实材料塑造了这一光彩照人的文化人物形象。因而，材料的真实与新鲜是这部传记引人瞩目的又一因素。

2. 重视第一手材料

传记不是小说，不能向壁虚构、摇笔即来，它必须以真实的材料再现真实的历史、勾画真实的人性，求真是传记的生命。在这部传记中，既没有杜撰的人物、场景，也没有作者虚构的人物对话、行为动作，只有大量由存放于档案馆中的各种历史性会议的记录、领导的秘密"指示"、中央传达的文件、历史性人物的档案资料，以及公开发行的文学创

---

① 管琼：《岭南孤烟直，浦江落日圆——上海部分学者谈〈陈寅恪的最后二十年〉》，《东方文化》1997年第1期。

作、学术文章和作者采访在世的历史见证人的第一手资料等构成的真实材料。这些颇具权威性的真实材料使得这部传记基本上做到了"无一字无来历，无一字无出处"，这也是该传被称为"学术性传记"的一个根本原因。文中偶尔有闲闻轶事也必慎重说明。如谈到两则关于陈序经与陈寅恪议论"全盘西化"的趣闻。作者先注明，"在50年代的中山大学，流传着这样几则无法证实的轶闻"，后补充，"自然，这都是学者间的幽默趣事，不必当真"。由此可见，作者在创作上摒弃了颇具情趣的小说化手法，力求写出历史生活的本原状态。而这部传记中的许多材料都是首次披露于世的，这在一定程度上满足了读者的好奇心理。

3. 作者评述中的利与弊

在力求客观、真实地记叙传主之际，作者又坦率地、主观地介入作品中，对传主的生平遭际、思想和创作，以至传主的生存空间、文化氛围都进行了深入细致的剖析与论述，颇有几分评传性质。这是这部传记具有学术性的又一体现。作者的评述从艺术效果说，利弊并存。作者除在具体展示传主的生命历程时用了夹叙夹议的手法之外，还用传记最后两章——"身后是非谁管得"和"绝响"的篇幅，充满激情地分析和赞誉了传主对中国文化的巨大贡献，尤其对他毕生以承续中国文化为最高理想的人生追求作了浓墨重彩的宣扬；同时，对他身前身后所受的种种不幸遭际表示了极大的控诉与不满。

> 陈寅恪的经历与心态，称其在二十世纪大半叶感受着中国文化跳动的脉搏丝毫也不算过誉。陈寅恪的文化人生，当为后世有更多机会走向世界的中国知识分子提供文化价值取向的一个参照系！
>
> 陈寅恪的哀感与痛感，也是中国传统文化在近、现代所经历过的哀感与痛感。这是历史之声。陈寅恪不幸代为历史言，所感受的切心之痛，一如他立于"高处不胜寒"的支点，终有"四海无人对夕阳"之叹。①

---

① 陆键东：《陈寅恪的最后二十年》，生活·读书·新知三联书店1995年版，第515页。

这些流露出强烈主观色彩的价值评判和思想倾向，使得作品形成一种亢奋而又凝重的情绪氛围，具有一定的历史深沉感和厚重感，但也不得不承认，读者在阅读传记、把握传主人性时，会身不由己地受这些评述性文字的影响。也就是说，作者在一定程度上阻隔了读者对传主的再创作。还有，本书作者对传主的思想言行有加以一味肯定的倾向，对传主的某些思想局限没有加以分析批评，如传主看人注重出身门第之类。

4. 探索传主的深层心理世界

如上所言，《陈寅恪的最后二十年》是一部学术性传记，但也必须承认它首先是一部人物传记，如何塑造出一个既具有真实感又具有立体感的有血有肉的人物形象是作者不得不面对的一个重大问题。陆键东从陈寅恪的生存状态和人际交往入手，探索其深层心理世界，力图写出传主灵动的生命形态。这不仅是这部传记创作方法上的一大特色，而且也是该传打动学人的一个不容忽视的因素。

1949年，陈寅恪拒绝了国民党的出国之请，欣然前往"尊重个人思想、信仰、言论与学术的自由，绝不允许介入政治斗争"的岭南大学；1953年，陈寅恪坚拒中国科学院之聘，重新提出与当时学术氛围极不融洽的"独立之精神，自由之思想"；1962年，他回绝了当时正炙手可热的政治人物康生的拜访……这一系列不合时宜的事件的发生，看来是颇令人费解的。但作者在陈寅恪自成一体的"历史文化观"，即他的博大的中国传统文化的情怀中找到了根源。正是恪守着人与文化"共命而同尽"的誓言，正是确信华夏文化"终必复振"，陈寅恪在世局交相嬗替之际，依然洁身守操，不畏权贵、不图功名，向往着文化的净土，默默地弘扬民族优秀文化，一切都是水到渠成般的自然与必然。又如陈寅恪晚年唯一厚爱的弟子是高守真。这位普通的女学生，其学识与勤奋都未胜人一筹，却深得陈寅恪夫妇的喜爱，并且陈寅恪还向学校表达了希望让她留校当自己助手的愿望。作者从陈寅恪一生交友的喜好入手，很好地破译了这一令人费解之举。陈寅恪一生受"门风之优美"的观念影响，注重与其交往的人的身世背景与历史渊源，甚至在选择护士时也不例外。高守真显赫的家世与重学识的门风在很大程度上促成了这一历史之缘。

对传主内心世界的剖析，使得该传在描绘传主复杂个性的同时又为传主外在的行为找到了内在的动机与根源。历史人物因此不再是一片风化的美丽树叶，而是以充满活力的形象，向世人述说着昨日的沧桑和风采。

通过以上分析可以发现，《陈寅恪的最后二十年》成功地征服了广大学人的心，这并非偶然，而是成功的传主选择、大量鲜为人知的材料的挖掘和卓异的传记创作手法共同成就的。《陈寅恪的最后二十年》首版发行于1995年底，是陆键东创作的第一部传记作品，也是20世纪在传记写作范式上给人留下深刻印象的作品。

参考文献

一 古代文献（含近现代人辑校笺注文献）

（晋）陈寿撰《三国志》，中华书局 1982 年版。

（清）董诰等编《全唐文》，中华书局 1983 年版。

（明）胡应麟：《少室山房笔丛》，中华书局 1958 年版。

（明）黄宗羲编《明文海》，中华书局 1987 年版。

（明）胡之骥注《江文通集汇注》，李长路、赵威点校，中华书局 1984 年版。

《李清照集校注》，人民文学出版社 1979 年版。

梁启超：《饮冰室合集》，中华书局 1989 年版。

（南朝梁）刘峻著，罗国威校注《刘孝标集校注》，上海古籍出版社 1988 年版。

（唐）刘禹锡著，瞿蜕园笺证《刘禹锡集笺证》，上海古籍出版社 1989 年版。

《欧阳修全集》，中国书店 1986 年版。

钱伯城等主编《全明文》第一册，上海古籍出版社 1992 年版。

涂元济注释《闺中忆语五种》，中国广播电视出版社 1993 年版。

（汉）司马迁撰《史记》，中华书局 1982 年版。

逯钦立校注《陶渊明集》，中华书局 1979 年版。

（元）脱脱等撰《宋史》，中华书局 1977 年版。

王韬：《弢园文录外编》，中华书局 1959 年版。

（明）徐渭撰《徐渭集》，中华书局 1983 年版。

（清）严可均校辑《全上古三代秦汉三国六朝文》，中华书局1958年版。

喻岳衡点校《白居易集》，岳麓书社1992年版。

（明）张岱：《琅嬛文集》，云告点校，岳麓书社1985年版。

（清）张廷玉等撰《明史》，中华书局1974年版。

《郑板桥集》，上海古籍出版社1979年版。

二 近现代人著作

艾以、曹度主编《谢冰莹文集》，安徽文艺出版社1999年版。

陈独秀：《独秀文存》，安徽人民出版社1987年版。

陈来：《古代宗教与伦理——儒家思想的根源》，生活·读书·新知三联书店1996年版。

陈兰村编《中国古代名人自传选》，中国青年出版社1997年版。

陈兰村主编《中国传记文学发展史》，语文出版社1999年版。

陈兰村、张新科：《中国古典传记论稿》，陕西人民教育出版社1991年版。

成复旺：《中国古代的人学与美学》，中国人民大学出版社1992年版。

〔荷〕戴伊克：《话语 心理 社会》，施旭、冯冰编译，中华书局1993年版。

〔德〕恩斯特·卡西尔：《人论》，甘阳译，上海译文出版社1985年版。

葛兆光：《道教与中国文化》，上海人民出版社1987年版。

耿云志、李国彤编《胡适传记作品全编》，东方出版中心2002年版。

郭登峰编《历代自叙传文钞》，商务印书馆1937年版。

〔德〕马丁·海德格尔：《存在与时间》，陈嘉映、王庆节合译，生活·读书·新知三联书店1987年版。

韩经太：《心灵现实的艺术透视》，现代出版社1990年版。

韩兆琦主编《中国传记文学史》，河北教育出版社1992年版。

〔日〕花房英树：《白居易》，王文亮、黄玮译，社会科学文献出版社1991年版。

黄庐隐：《庐隐自传》，第一出版社1934年版。

瞿秋白：《多余的话》，江西教育出版社2009年版。

李明华：《时代演进与价值选择——中国价值观探讨》，陕西人民出版社1992年版。

李祥年：《汉魏六朝传记文学史稿》，复旦大学出版社1995年。

李向平：《死亡与超越》，上海文化出版社1997年版。

李泽厚：《美的历程》，生活·读书·新知三联书店2014年版。

李泽厚：《中国古代思想史论》（新版），生活·读书·新知三联书店2017年版。

李战子：《语言的人际元功能新探》，军事谊文出版社2000年版。

梁启超：《饮冰室合集》，中华书局1936年版。

林语堂：《苏东坡传》，张振玉译，湖南文艺出版社2012年版。

刘小枫：《拯救与逍遥》（修订本），上海三联书店2001年版。

陆键东：《陈寅恪的最后二十年》，生活·读书·新知三联书店1995年版。

罗新璋选编《莫洛亚研究》，漓江出版社1988年版。

《茅盾全集》，人民文学出版社1991年版。

潘知常：《众妙之门——中国美感心态的深层结构》，黄河文艺出版社1989年版。

钱穆：《中国文化史导论》，上海正中书局1948年版。

乔山：《文艺伦理学初探》，高等教育出版社1997年版。

任剑涛：《从自在到自觉——中国国民性探讨》，陕西人民出版社1992年版。

沈从文：《沈从文全集》，北岳文艺出版社2002年版。

沈寂：《陈独秀传论》，安徽大学出版社2007年版。

宋耀良：《艺术家生命向力》，上海社会科学院出版社1988年版。

陶东风：《文体演变及其文化意味》，云南人民出版社1994年版。

陶东风、徐莉萍：《死亡·情爱·隐逸·思乡——中国文学四大主题》，杭州大学出版社1993年版。

〔西〕乌纳穆诺：《生命的悲剧意识》，北方文艺出版社1987年版。

王晓明：《无法直面的人生——鲁迅传》，上海文艺出版社1993年版。

萧关鸿编《中国百年传记经典》，东方出版社2002年版。

徐悲鸿：《徐悲鸿自述》，安徽文艺出版社2013年版。

徐金葵：《生命超越与中国文明》，上海文化出版社1991年版。

许钦文：《钦文自传》，人民文学出版社1986年版。

延涛、林声：《中国古代的"士"》，河南人民出版社1992年版。

杨正润主编《众生自画像——中国现代自传国民性研究（1840—2000）》，上海人民出版社2009年版。

易中天：《艺术人类学》，上海文艺出版社1992年版。

俞樟华：《传记文学谈薮》，中国文史出版社2007年版。

俞樟华等编撰《中国现代传记文学编年史》，浙江大学出版社2019年版。

虞君质：《艺术概论》，（台北）大中国图书公司1964年版。

郁达夫：《郁达夫文集》，花城出版社、生活·读书·新知三联书店香港分店1983年版。

袁济喜：《六朝美学》，北京大学出版社1989年版。

袁济喜：《人海孤舟——汉魏六朝士的孤独意识》，河南人民出版社1995年版。

张京媛主编《当代女性主义文学批评》，北京大学出版社1992年版

张静庐：《在出版界二十年》，江苏教育出版社2005年版。

《传记文学研究》，湖南文艺出版社1997年版。

章衣萍：《倚枕日记》，北新书局1931年版。

赵白生：《传记文学理论》，北京大学出版社2003年版。

周启成选注《古代文人自传精华》，人民文学出版社1991年版。

朱东润：《张居正大传》，湖北人民出版社1957年版。

朱良志：《中国艺术的生命精神》，安徽教育出版社 1995 年版。

三　学位和期刊论文

阿英：《柴霍甫的文学生活》，《青年界》1934 年第 1 期。

白苧：《"现代"的"评传"》，《新月》1932 年第 3 期。

陈可陵：《读〈两地书〉后》，《出版消息》1933 年第 16 期。

辜也平：《中国传记文学创作的现代转型》，《中山大学学报》（社会科学版）2004 年第 4 期。

辜也平：《论中国现代传记文学的民族特色》，《文学评论》2005 年第 2 期。

辜也平：《论中国现代传记文学发展进程中的"历史"重负》，《福建师范大学学报》（哲学社会科学版）2007 年第 6 期。

顾凤城：《忆朱湘》，《青年界》1934 年第 2 期。

韩兆琦：《中国古代传记文学略论》，《北京师范大学学报》（人文社会科学版）1997 年第 4 期。

胡全章：《梁启超与 20 世纪初年新体传记的兴盛》，《广东社会科学》2014 年第 4 期。

李祥年：《论传记文学与心理学的关系》，《复旦学报》1994 年第 1 期。

李祥年：《略论传记文学的伦理学因素》，《文艺理论研究》1994 年第 3 期。

宁稼雨：《中国隐士文化的产生与源流》，《社会科学战线》1995 年第 4 期。

欧阳予倩：《自我演戏以来》，《戏剧杂志》1930 年第 6 期。

钱志熙：《论中古文学生命主题的盛衰之变及其社会意识背景》，《文学遗产》1997 年第 4 期。

苏雪林：《周作人先生研究》，《青年界》1934 年第 5 期。

苏雪林：《自传文学与胡适的四十自述》，《世界文学》1934 年第 1~4 期。

亢德：《关于"实庵自传"》，《古今月刊》1942 年第 8 期。

王成军：《论时间和自传》，《外国文学评论》2002 年第 2 期。

王成军、王炎：《文本·文化·文学——论自传文学》，《国外文学》1997 年第 2 期。

王镇远：《中国古典文学中的传世观念》，《文学遗产》1987 年第 5 期。

晓君：《"庐隐自传"读后感》，《女声》1935 年第 10 期。

杨华同：《论教育传记》，《学生杂志》1946 年第 5 期。

俞樟华、姚静静：《地域视野下的郁达夫自传研究》，《浙江师范大学学报》（社会科学版）2011 年第 1 期。

张新科：《消费与接受：传记终极目标的实现》，《文学评论》2004 年第 5 期。

郑道明：《庐隐论》，《创作与批评》1934 年第 1 期。

周宪：《屈原与中国文人的悲剧性》，《文学遗产》1996 年第 5 期。

朱东润：《我怎样写作〈张居正大传〉的》，《社会科学战线》1983 年第 3 期。

后 记

　　传记文学在 21 世纪所呈现出的繁荣景象令人叹为观止，不论是传记创作还是传记理论均有量的突破和质的飞跃。但相比于传记作品每年一万部左右的出版数量，传记研究还是略显单薄。我自 1996 年师从陈兰村先生时开始研究传记文学，至今已二十余年。1997 年在《浙江师大学报》（社会科学版）第 2 期上发表了我的第一篇研究传记的论文《论〈三国志〉的传记文学价值》，此后在《人物》《文艺评论》《江淮论坛》《晋阳学刊》《学术界》《江苏社会科学》《现代传记研究》《传记文学》等刊物上发表传记研究论文二十余篇，特别是 2006 年发表在《学术界》第 5 期上的《百年传记文学理论研究综述》一文被《新华文摘》2006 年第 24 期全文转载，这极大提升了我的研究信心。这本小书既是我二十年来传记研究的一次回顾和总结，也是我今后传记文学研究之路的一个新的起点。本书在撰写过程中得到了家人和许多师友的关心和帮助，李东雷撰写了第一章的第三节，在此一并致谢。

许菁频
2023 年 1 月 24 日于杭州

图书在版编目(CIP)数据

传记文学新论 / 许菁频著 . --北京：社会科学文献出版社，2023.5
（西溪丛书）
ISBN 978-7-5228-1701-9

Ⅰ.①传… Ⅱ.①许… Ⅲ.①传记文学-文学研究-中国 Ⅳ.①I207.5

中国国家版本馆 CIP 数据核字（2023）第 066886 号

·西溪丛书·

传记文学新论

著　　　者	/ 许菁频
出　版　人	/ 王利民
组稿编辑	/ 宋月华
责任编辑	/ 吴　超
文稿编辑	/ 许露萍
责任印制	/ 王京美

出　　版	/ 社会科学文献出版社·人文分社（010）59367215
	地址：北京市北三环中路甲29号院华龙大厦　邮编：100029
	网址：www.ssap.com.cn
发　　行	/ 社会科学文献出版社（010）59367028
印　　装	/ 三河市尚艺印装有限公司
规　　格	/ 开　本：787mm×1092mm 1/16
	印　张：11　字　数：161千字
版　　次	/ 2023年5月第1版　2023年5月第1次印刷
书　　号	/ ISBN 978-7-5228-1701-9
定　　价	/ 128.00 元

读者服务电话 4008918866

版权所有 翻印必究